直到夜色溫柔

原作
簡莉穎
╳
漫畫
廢廢子

Faces Publications

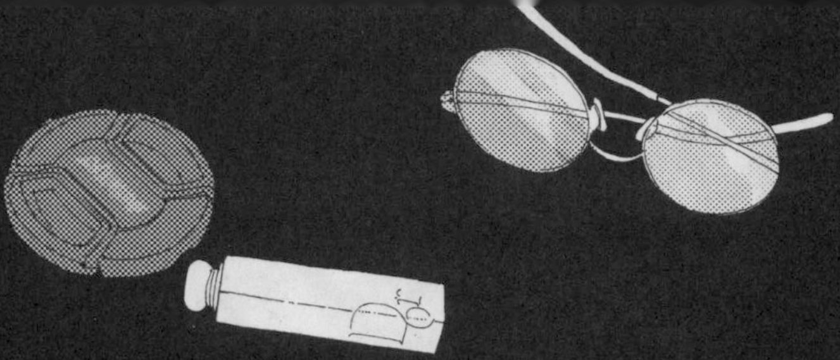

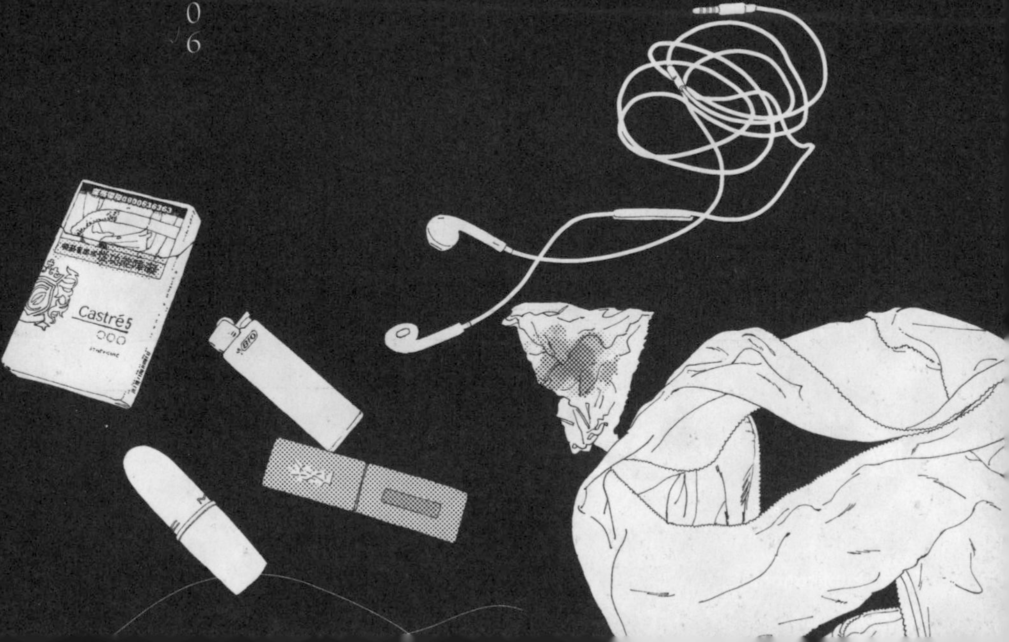

Castré5

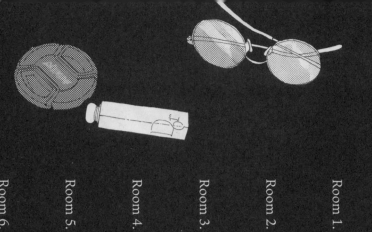

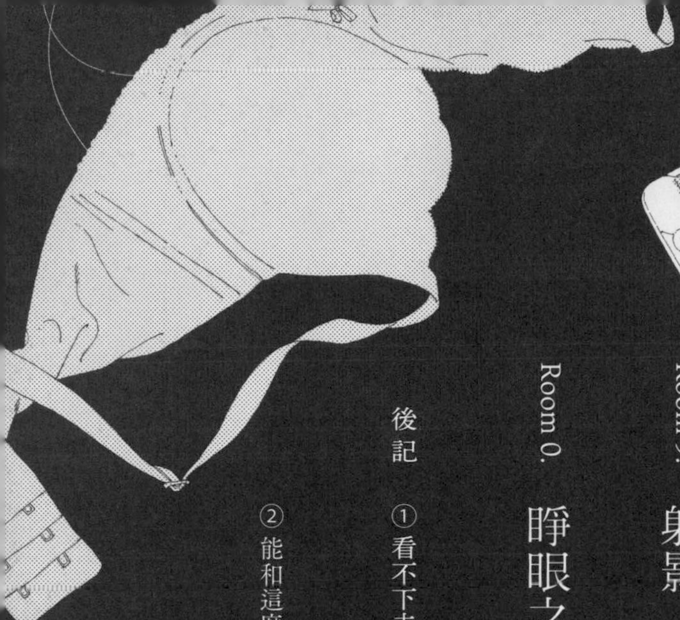

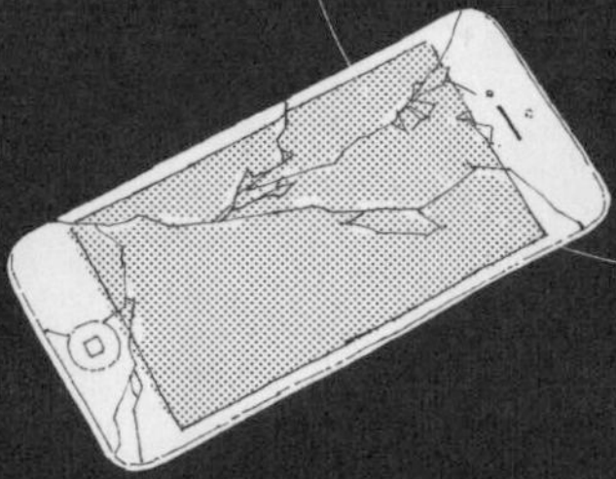

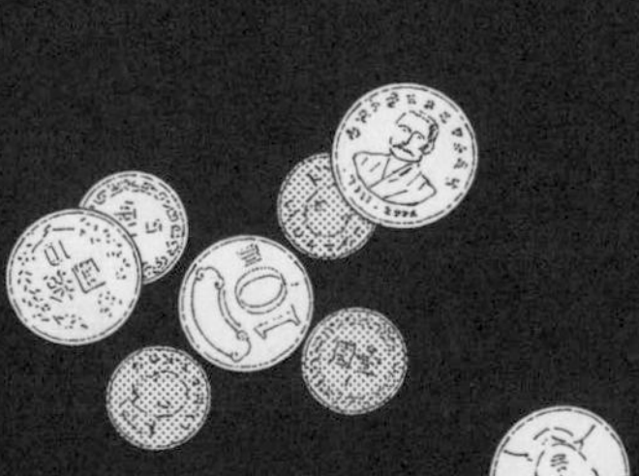

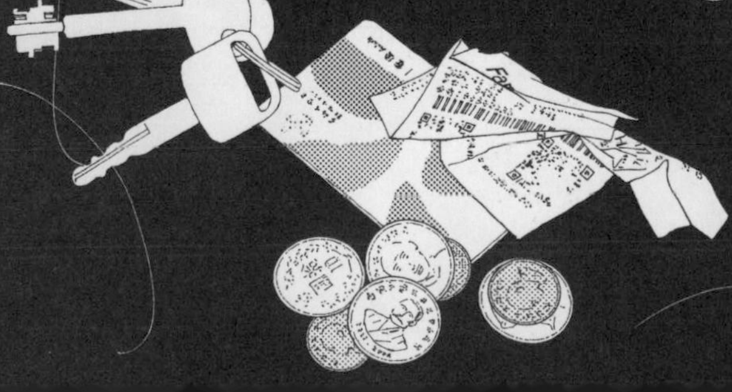

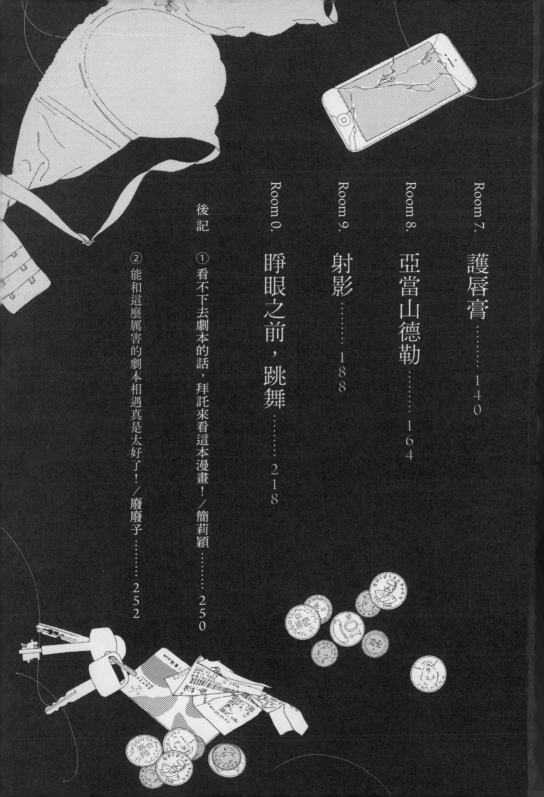

本作品為
虛構作品
如有雷同
純屬巧合

直到夜色溫柔

Room 1.

新北耶誕城

ピンポーン

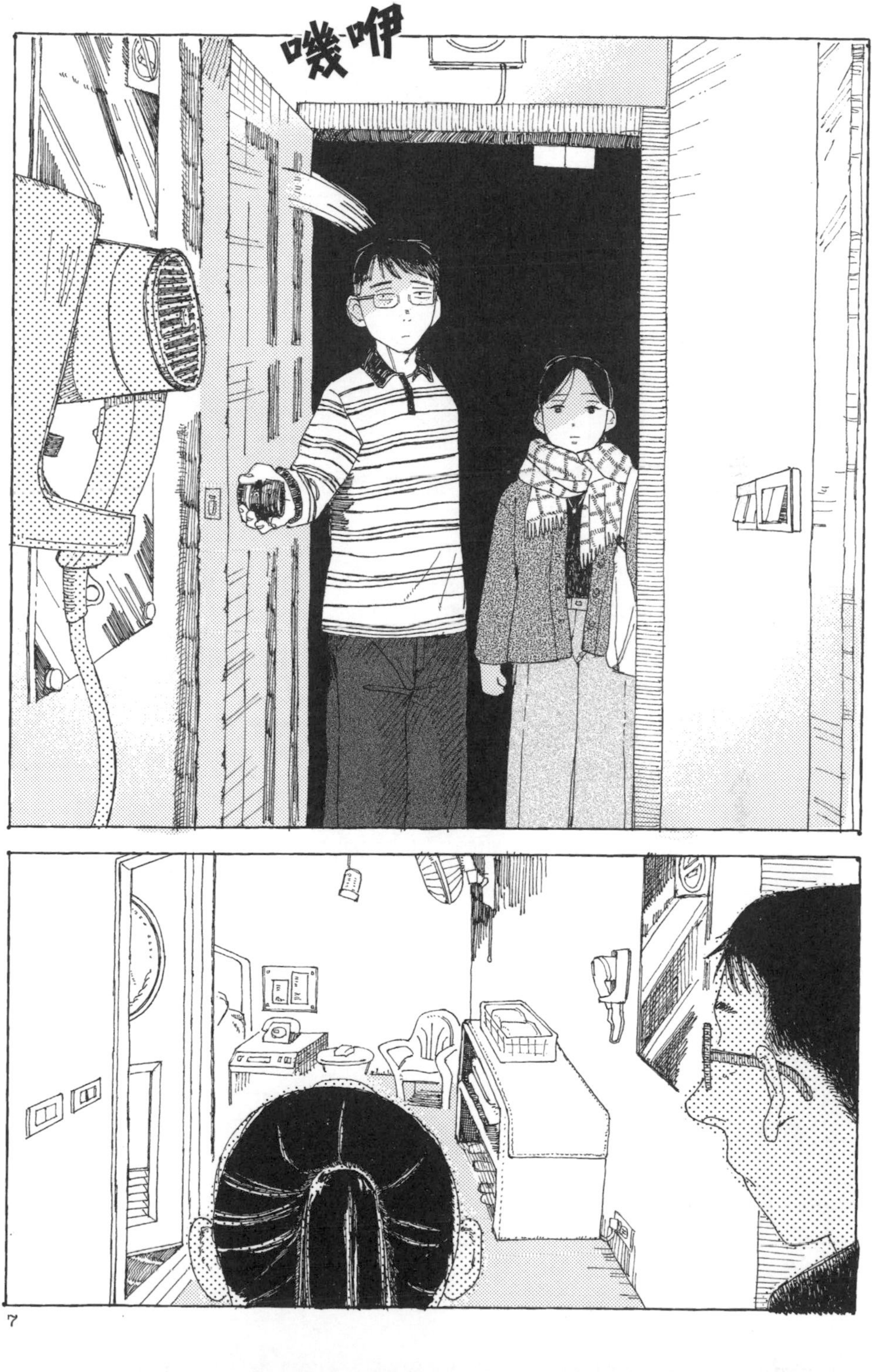

窸窣窸窣
喀
噠

那我先去洗澡？
好。
我先洗你再洗？
嗯。
噠噠噠
？
我想把衣服放在裡面。
我不會動你包包，放心啦。
嗯嗯。
砰

叩叩叩
可以一起洗嗎？
蛤？
我怕你趁我洗澡時跑掉。
我不會這樣。
因為之前有發生過，保險起見。

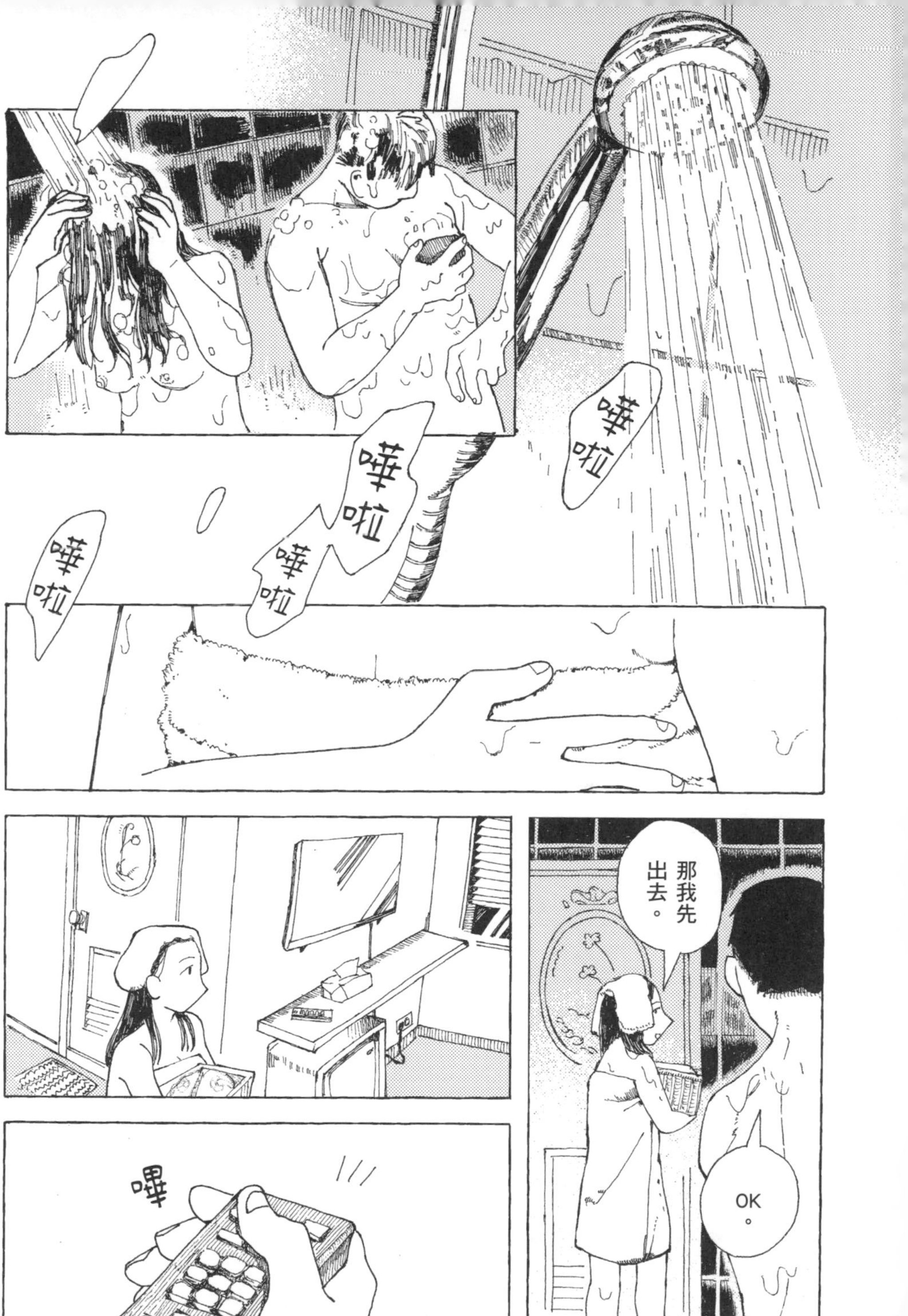
華啦
華啦
華啦
華啦
那我先出去。
OK。
嗶

新北市年度盛事「新北歡樂耶誕城」
嗡
嗡
嗡
正盛大開幕中
嗡
嗡
嗡
參觀人數已突破300萬人次
我們帶你看看「全球令人驚嘆的八棵聖誕樹」，
嗡
嗡

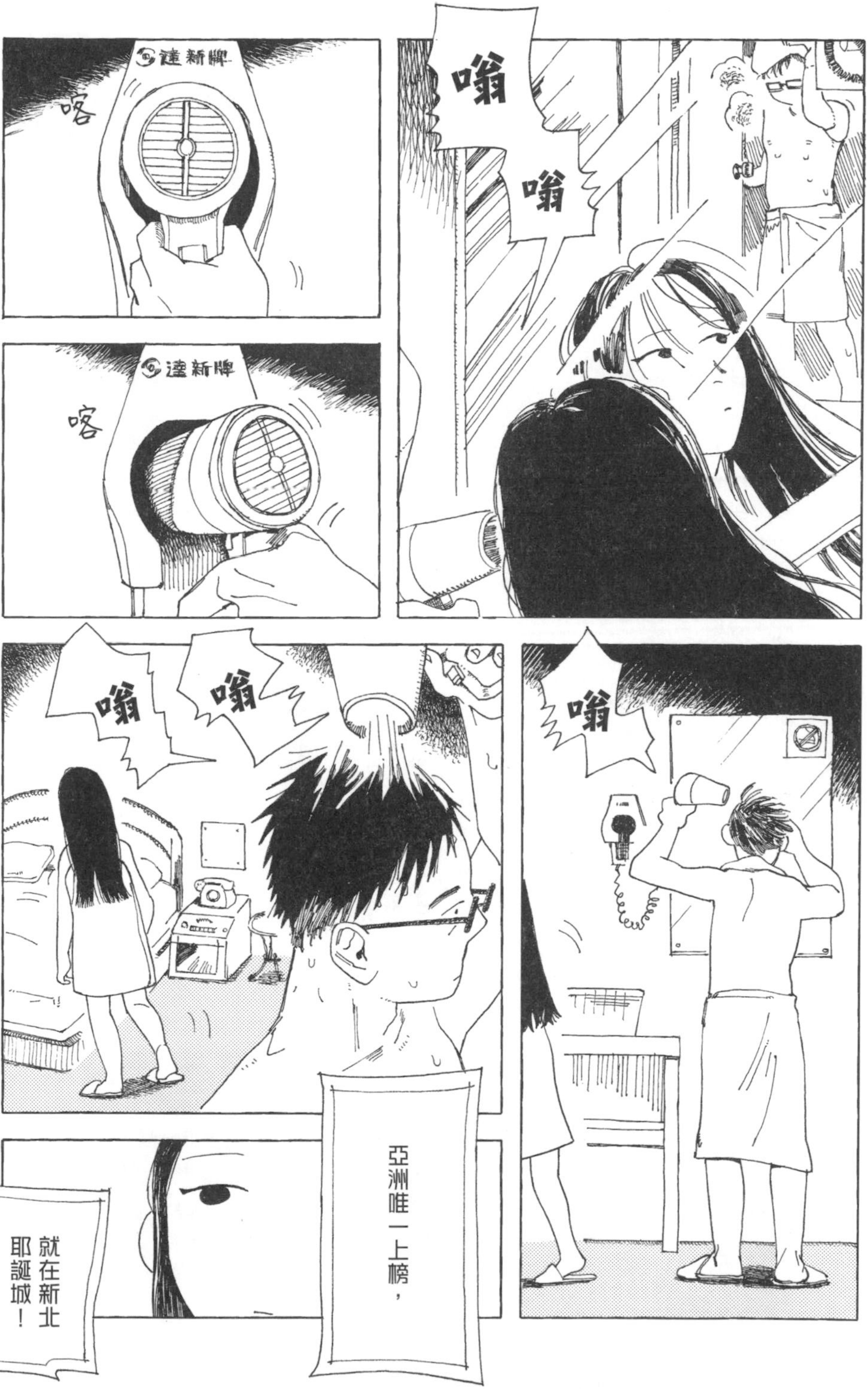

達新牌
喀
嗡
嗡
達新牌
喀
嗡
嗡
嗡
亞洲唯一上榜，
就在新北耶誕城！

嗡
嗡
嗡
哇～這棵樹，大家看看，
好多顏色，好大！
全球最令人驚嘆的八棵聖誕樹！情侶、家庭打卡，還可以集點……
最新消息
你覺得要把電視關掉嗎？
可以啊。
新北"樂高
英媒:令人驚嘆8棵耶誕樹之一
NEWS

要怎麼開始？
嗯？
……
你是第一個願意跟我出來的。
女生很少男生很多，大部分根本不會回，不然就是要收錢。
收錢？
我沒有約過。
我也沒有。
是喔。
幾千這樣，有一次我約了要收錢的，先轉帳給她，但換過照片之後，她就沒回我了。
那你的錢……？
就自認倒楣。

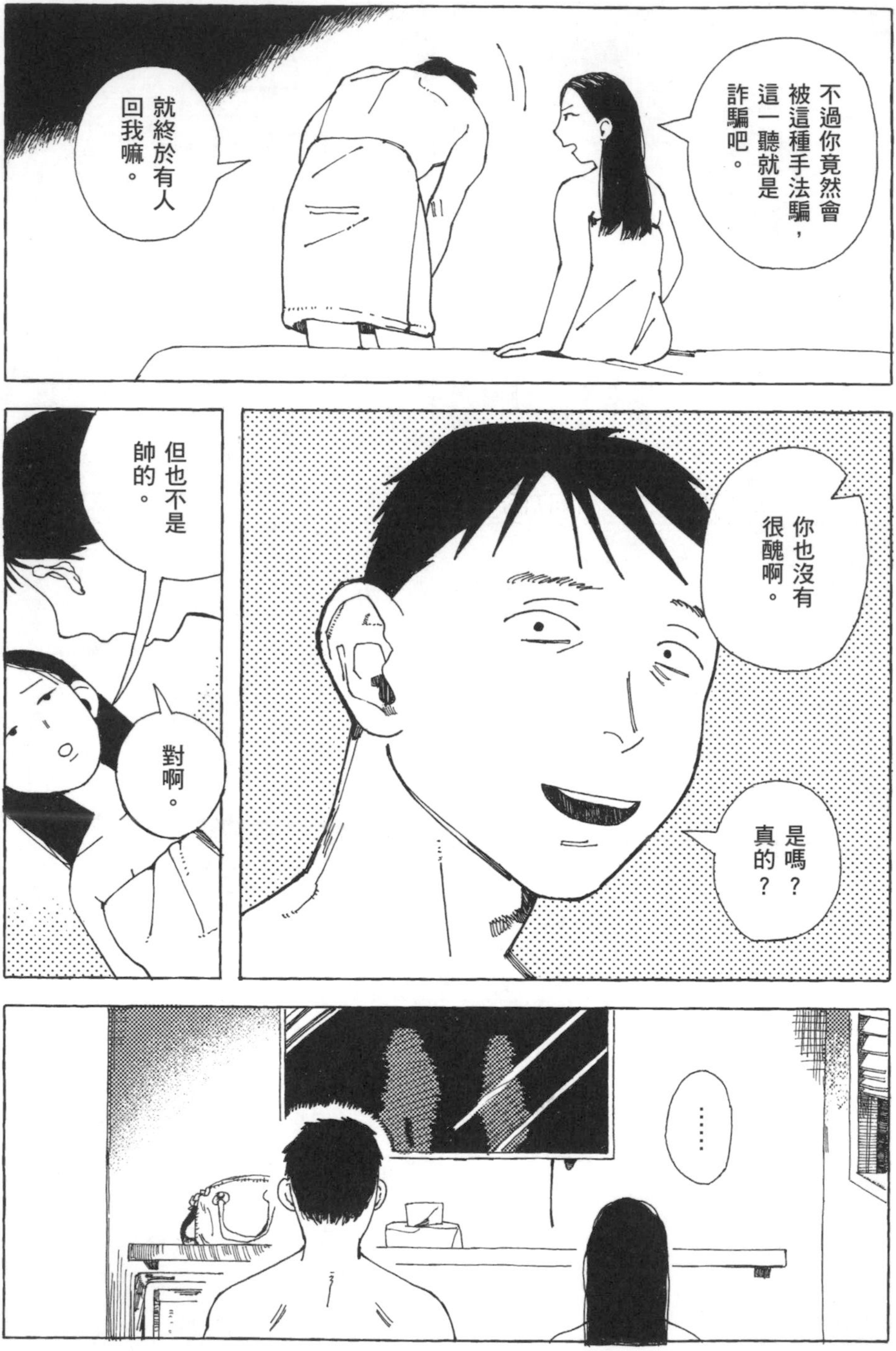
不過你竟然會被這種手法騙，這一聽就是詐騙吧。
就終於有人回我嘛。
你也沒有很醜啊。
是嗎？真的？
但也不是帥的。
對啊。
……

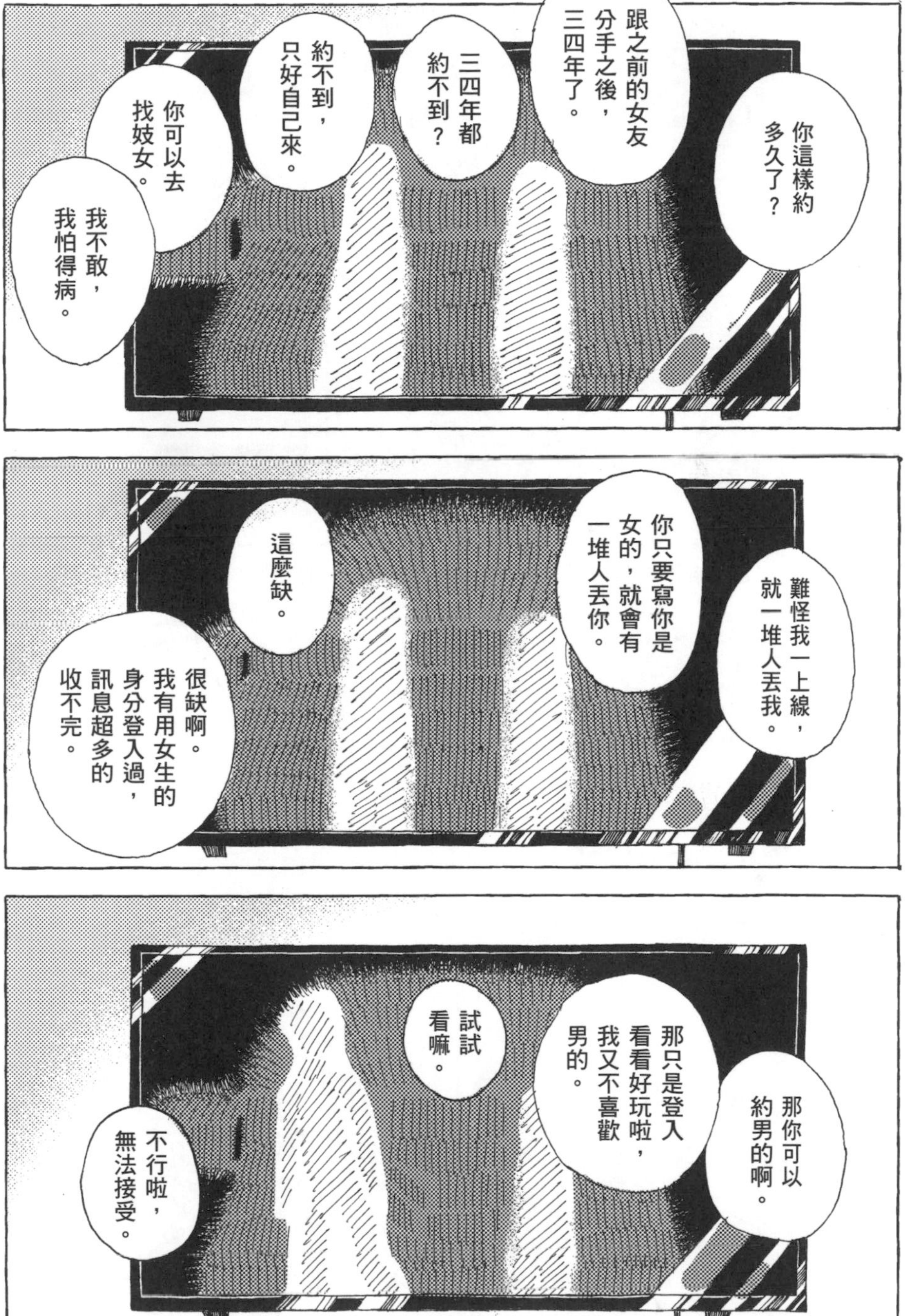
你這樣約多久了？
跟之前的女友分手之後，三四年了。
三四年都約不到？
約不到，只好自己來。
你可以去找妓女。
我不敢，我怕得病。
難怪我一上線，就一堆人丟我。
你只要寫你是女的，就會有一堆人丟你。
這麼缺。
很缺啊。我有用女生的身分登入過，訊息超多的收不完。
那你可以約男的啊。
那只是登入看看好玩啦，我又不喜歡男的。
試試看嘛。
不行啦，無法接受。

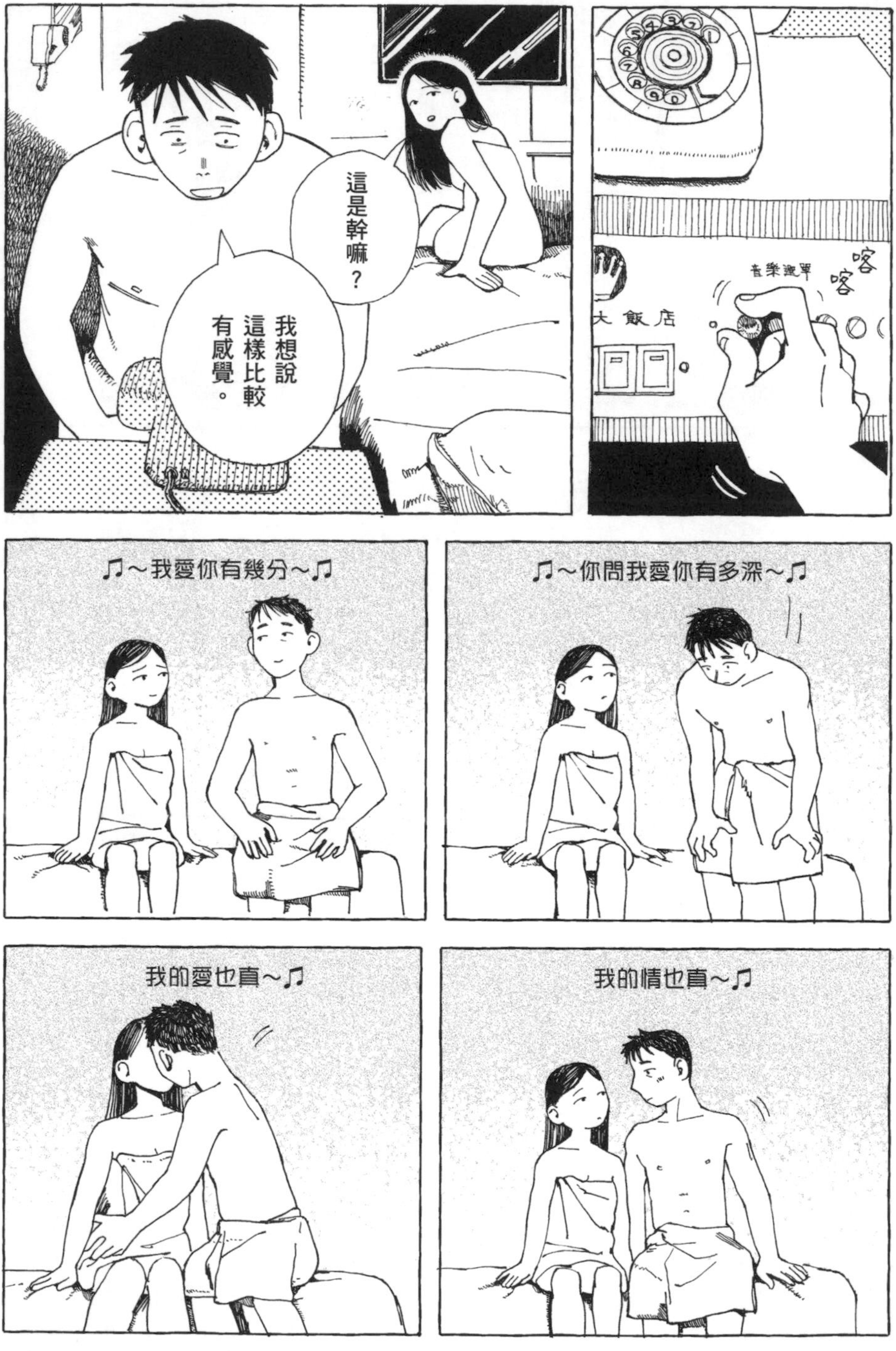
喀
喀
音樂選單
大飯店
這是幹嘛？
我想說這樣比較有感覺。
♫～你問我愛你有多深～♫
♫～我愛你有幾分～♫
我的情也真～♫
我的愛也真～♫

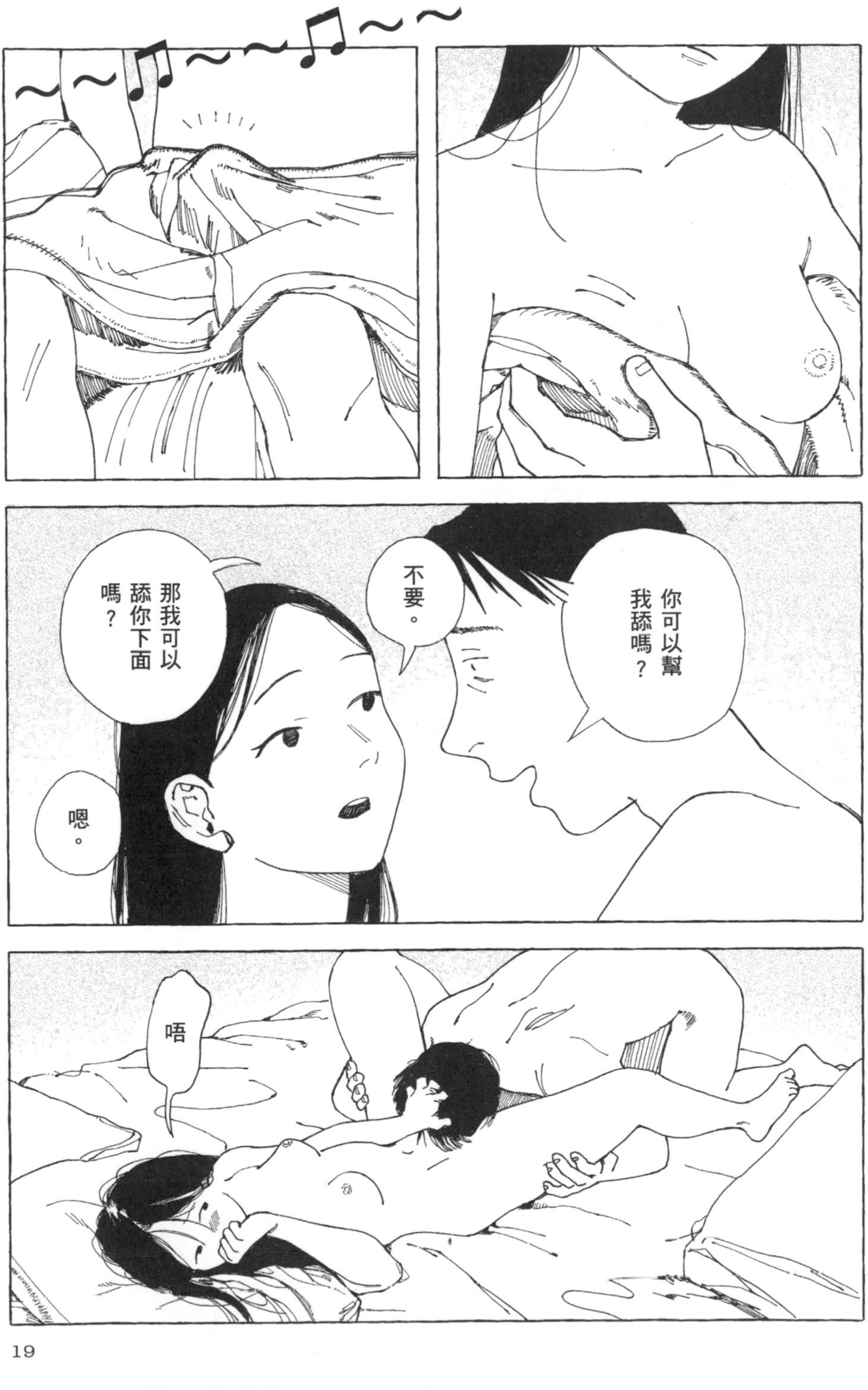
你可以幫我舔嗎？
不要。
那我可以舔你下面嗎？
嗯。
唔

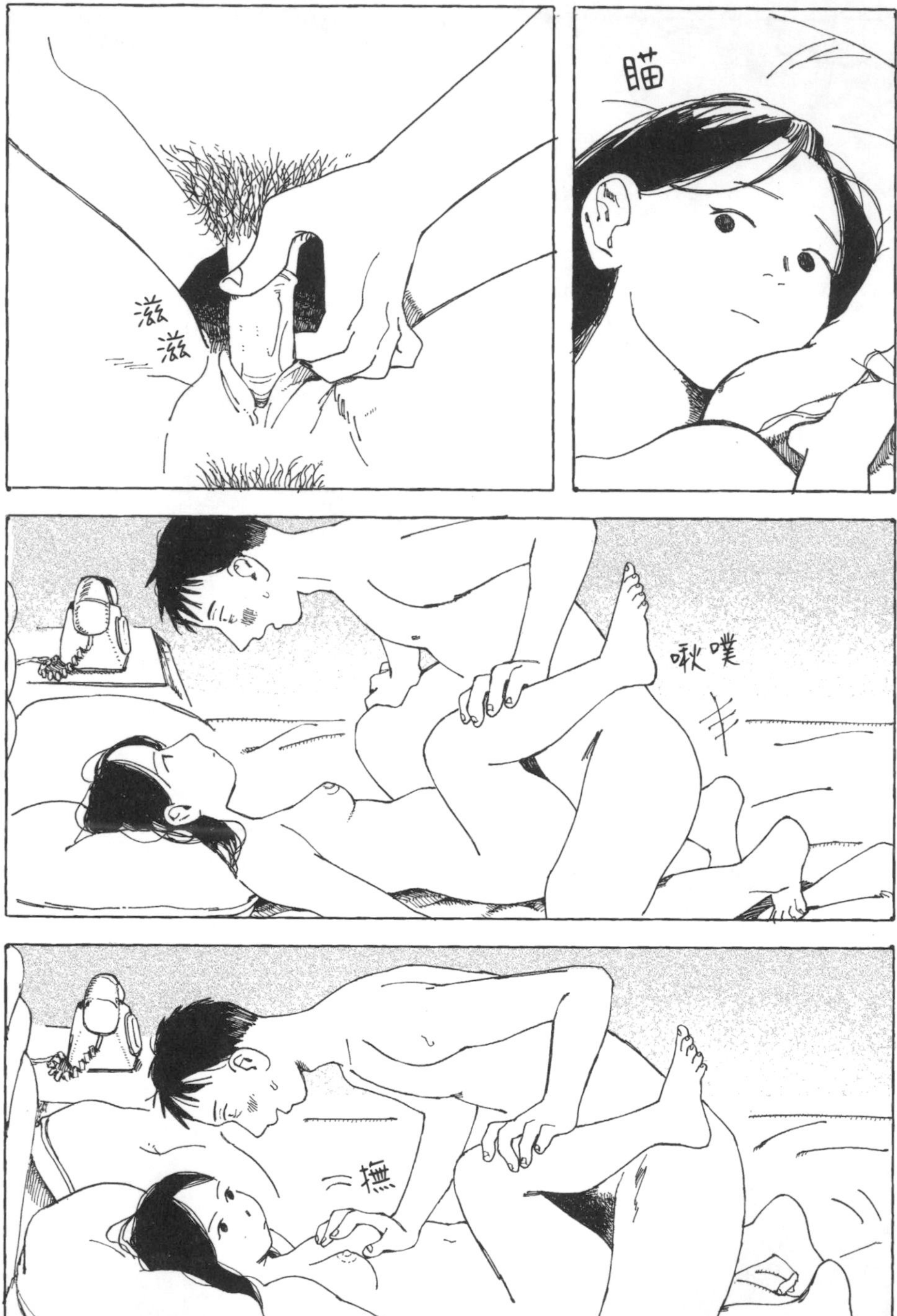
瞄
滋滋
啾噗
撫

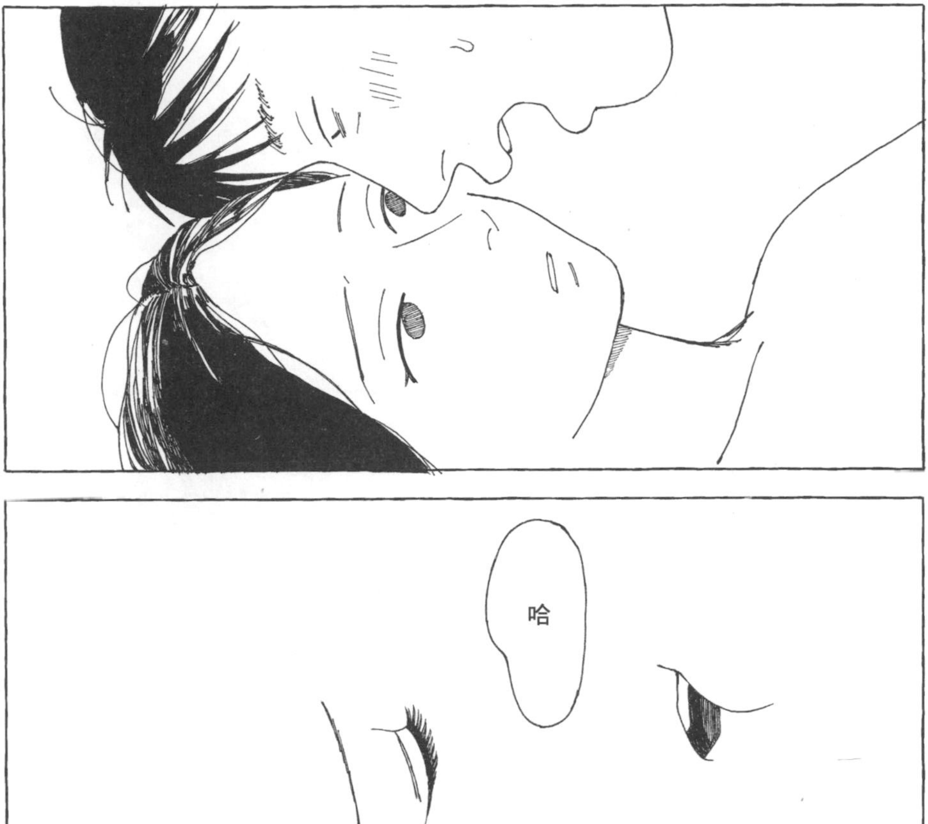
哈
啊
啊

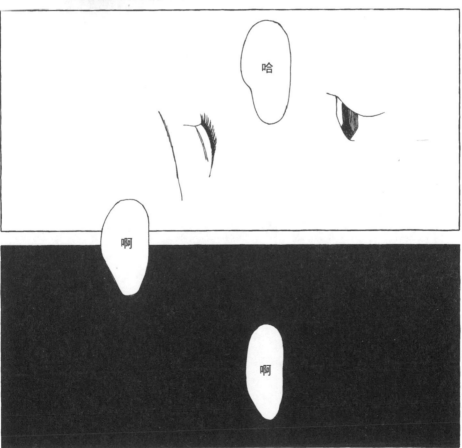

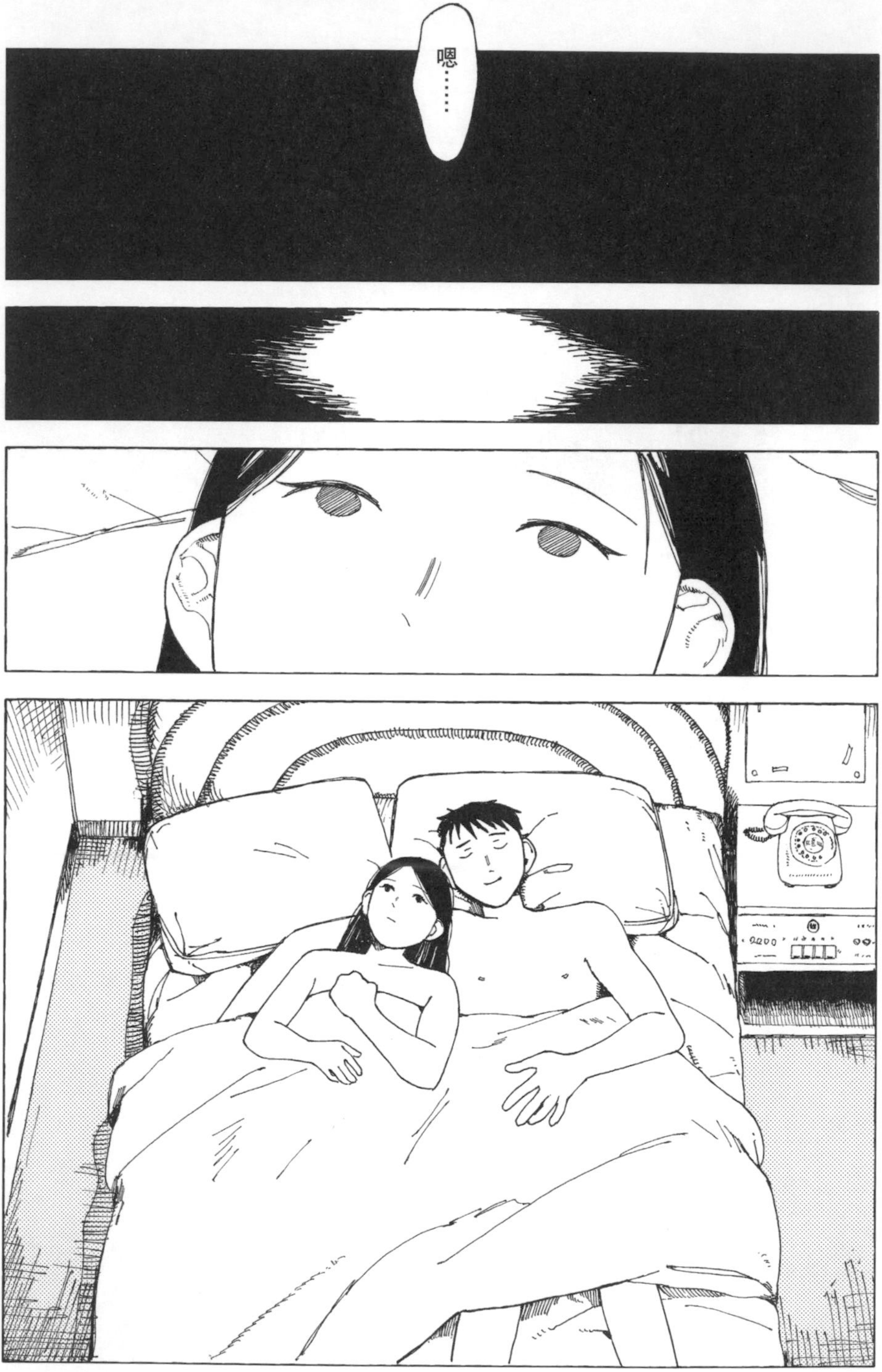
嗯……

之後還可以約你嗎？
可以啊。
我覺得你滿可愛的。
謝謝。
那你是為什麼要約？
我喔……

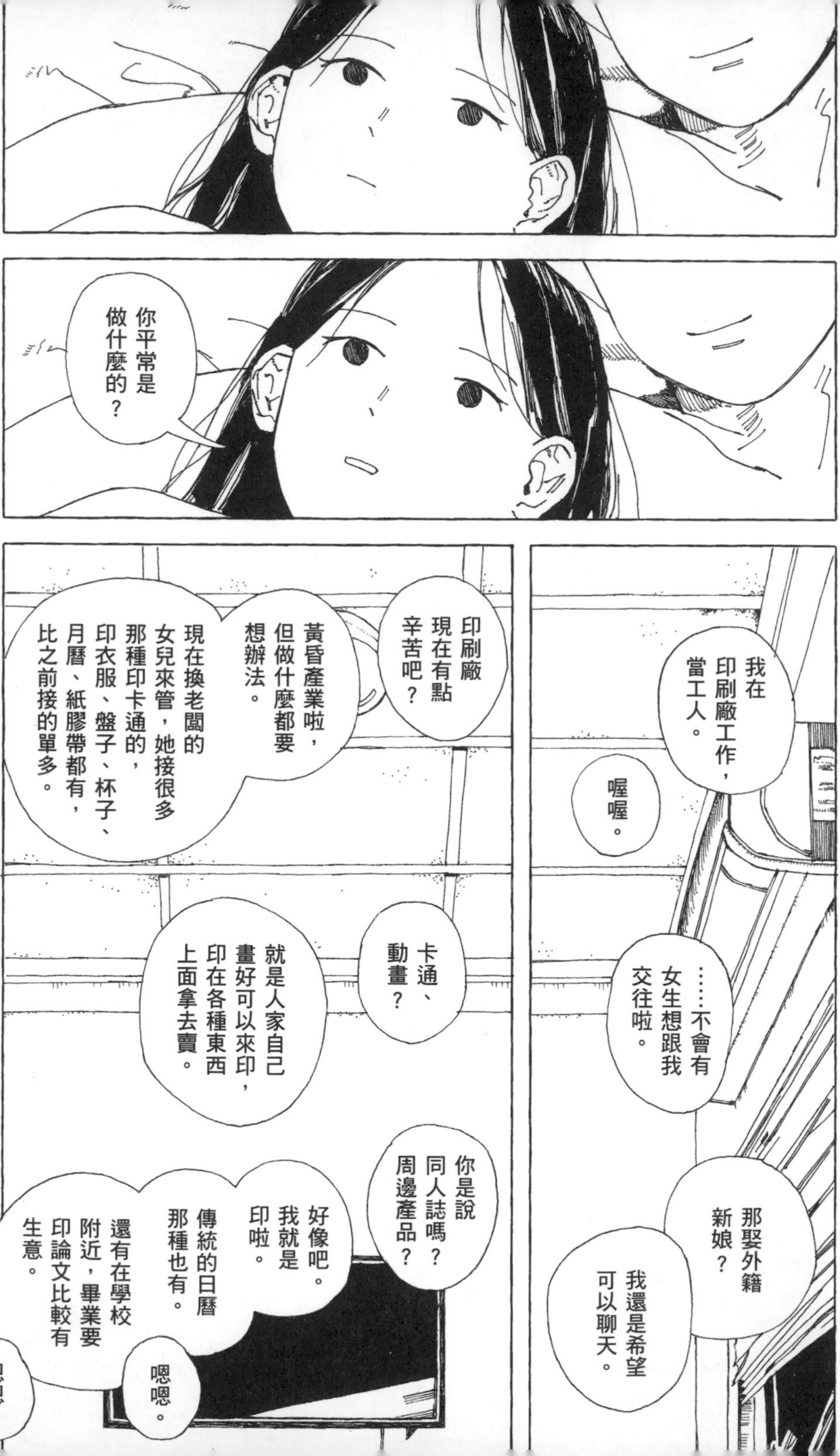
你平常是做什麼的？
我在印刷廠工作，當工人。
喔喔。
……不會有女生想跟我交往啦。
那娶外籍新娘？
我還是希望可以聊天。
印刷廠現在有點辛苦吧？
黃昏產業啦，但做什麼都要想辦法。
現在換老闆的女兒來管，她接很多那種印卡通的，印衣服、盤子、杯子、月曆、紙膠帶都有，比之前接的單多。
卡通、動畫？
就是人家自己畫好可以來印，印在各種東西上面拿去賣。
你是說同人誌嗎？周邊產品？
好像吧。我就是印啦。
傳統的日曆那種也有。
嗯嗯。
還有在學校附近，畢業要印論文比較有生意。
嗯嗯。

對不起很無聊齁。
不會不會。
噠
……你是單身嗎？
不是喔。
喔。
啊。
噠

這是我的名片。
你願意的話可以打給我。
謝謝。
我先走囉，很高興認識你。
我可以傳Line給你嗎？

好喔。
喀喀
噠噠噠

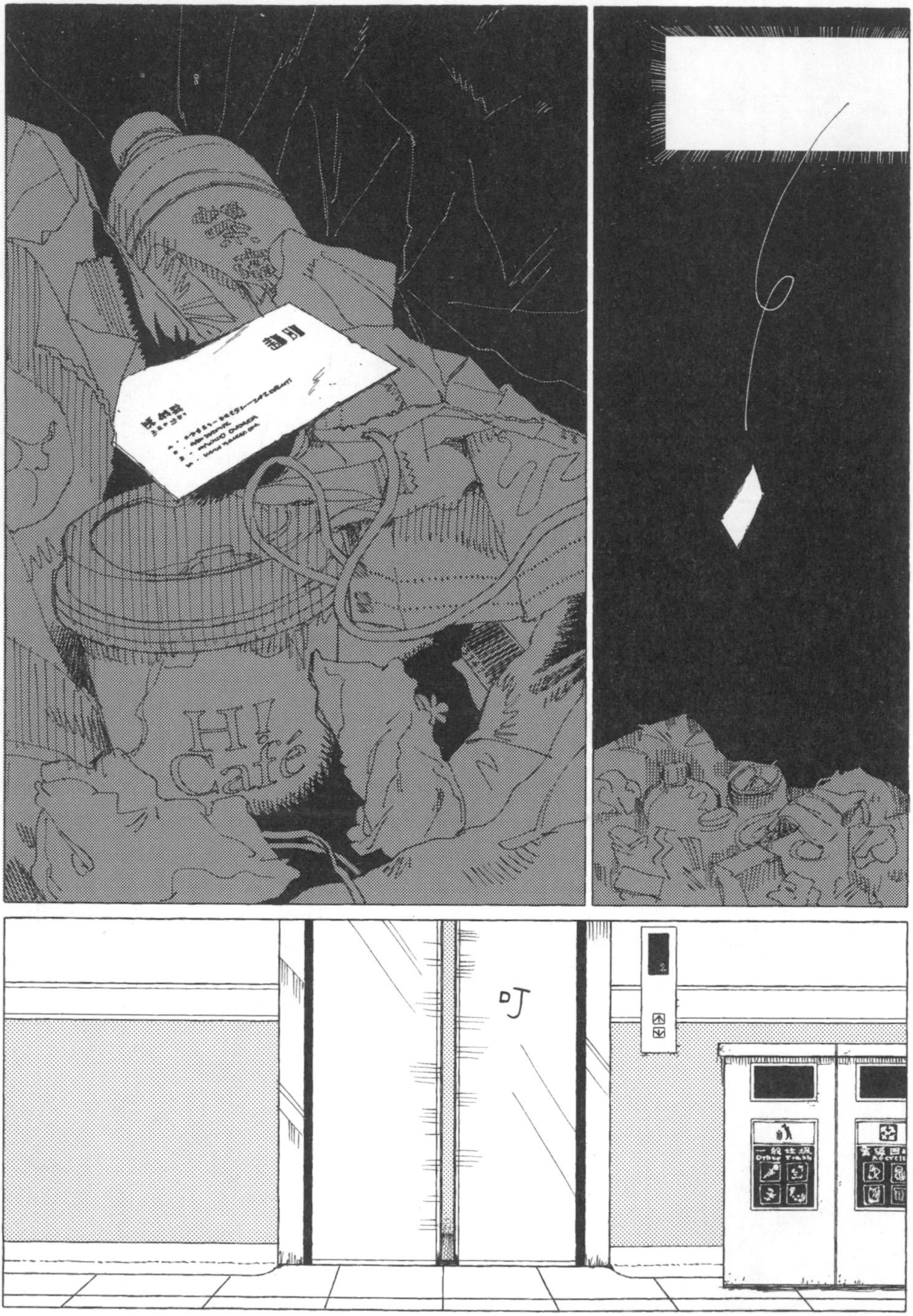
H!
Café
叮
一般垃圾
Other Trash

Room 2.

你是誰

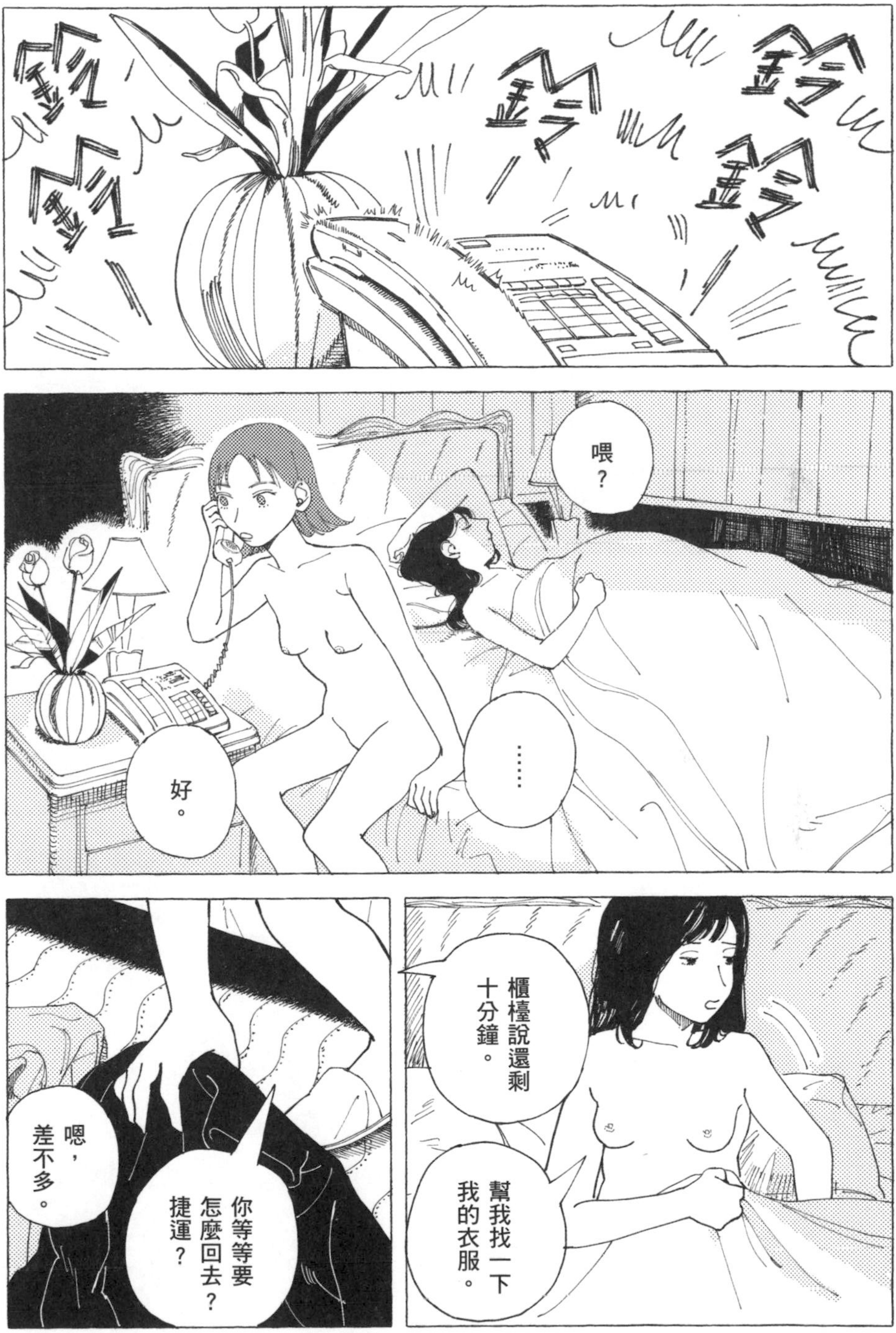
鈴鈴
鈴鈴
鈴鈴
喂？
……
好。
櫃檯說還剩十分鐘。
幫我找一下我的衣服。
你等等要怎麼回去？捷運？
嗯，差不多。

謝謝。
你剛剛好讚，我覺得這是我今年最棒的一次。
你對每個人都這樣說吧。
沒有，我都講真的。
謝謝。
下次要約，時間OK的話，也是可以找我。
嗯，好喔。
……

你不覺得女同志很難約嗎？
……
我其實沒有約過。
喔，女生約的比例真的少很多。
真的？
……我還以為你很有經驗，感覺很熟練。
有嗎？我很緊張耶。
怎麼可能，完全看不出來。
……我的耳環好像不見了。

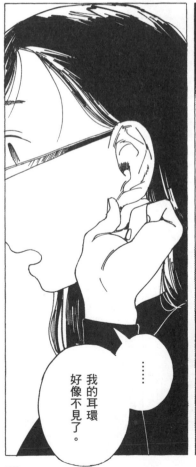

唭
你有戴耳環？
有喔。
好吧……我沒有印象……什麼顏色？
嗯，銀色吧，還是白色？
你自己也不確定啊。
就是很普通的那種。
喀
喂，這裡是214，可以不可以再多給我幾分鐘？有東西不見了。
櫃檯OK喔？
嗯嗯，謝謝！
耳環……
OK，這家滿常來，都算認識了。
原來你經驗這麼豐富。

……
感覺得出來。
我真的……很舒服，那個感覺還留在裡面。
如果這是我人生最後一次性愛，我一定死而無憾。
你講話好誇張。
也可能我參照的經驗值不多啦。
我也還好。
你不是很常來？
我大部分都是來聊天的。
聊天？
幹。

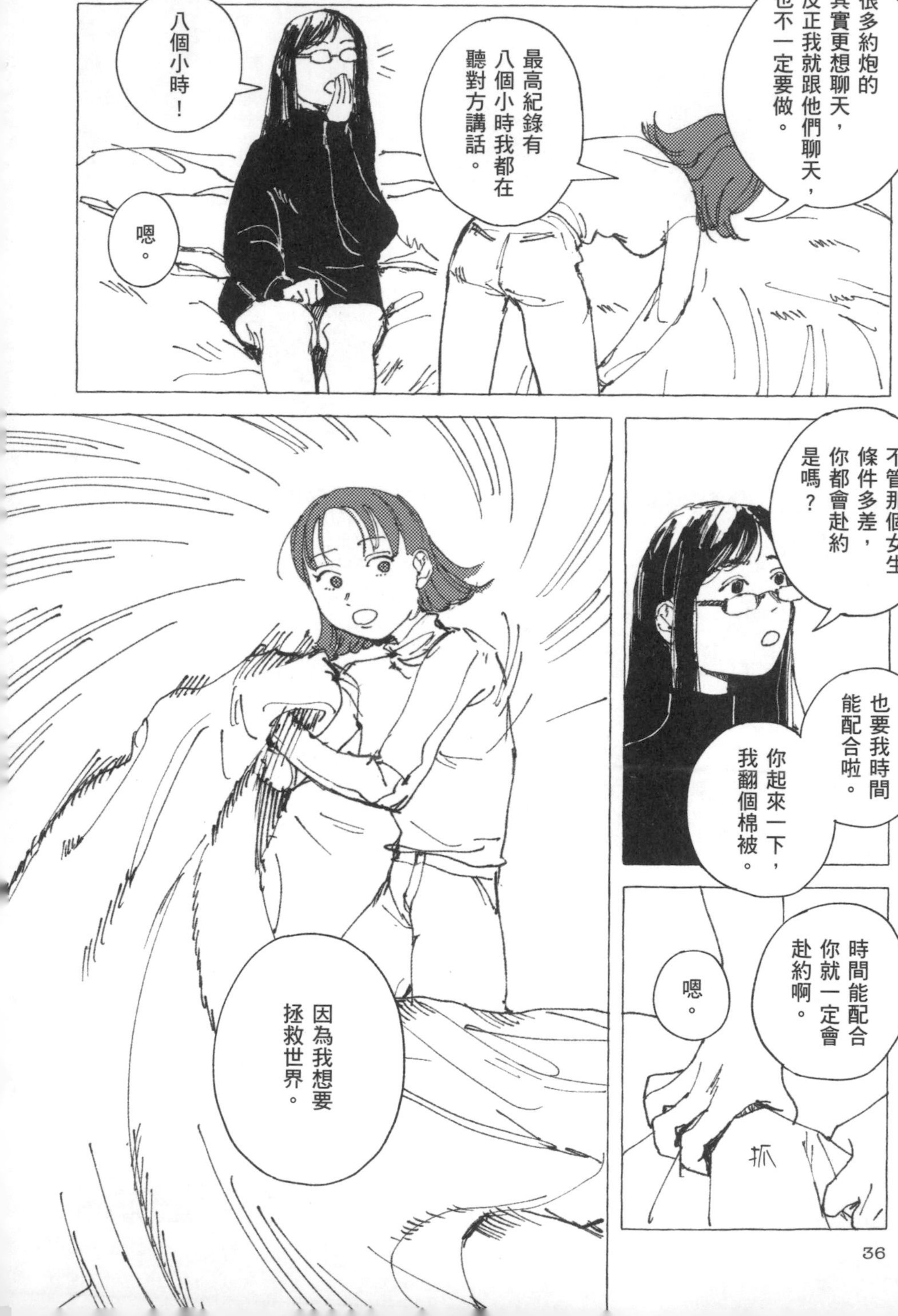
很多約炮的其實更想聊天，反正我就跟他們聊天，也不一定要做。
最高紀錄有八個小時我都在聽對方講話。
八個小時！
嗯。
不管那個女生條件多差，你都會赴約是嗎？
也要我時間能配合啦。
你起來一下，我翻個棉被。
時間能配合你就一定會赴約啊。
嗯。
抓
因為我想要拯救世界。

ㄟ？
真的是因為這樣？
呵呵。
笑什麼啦。
我不知道耶，為什麼要約？
就想做啊。
有時候也沒有那麼想做。
那幹嘛約？
不知道啦。
……
你都不問我肚子上的疤。

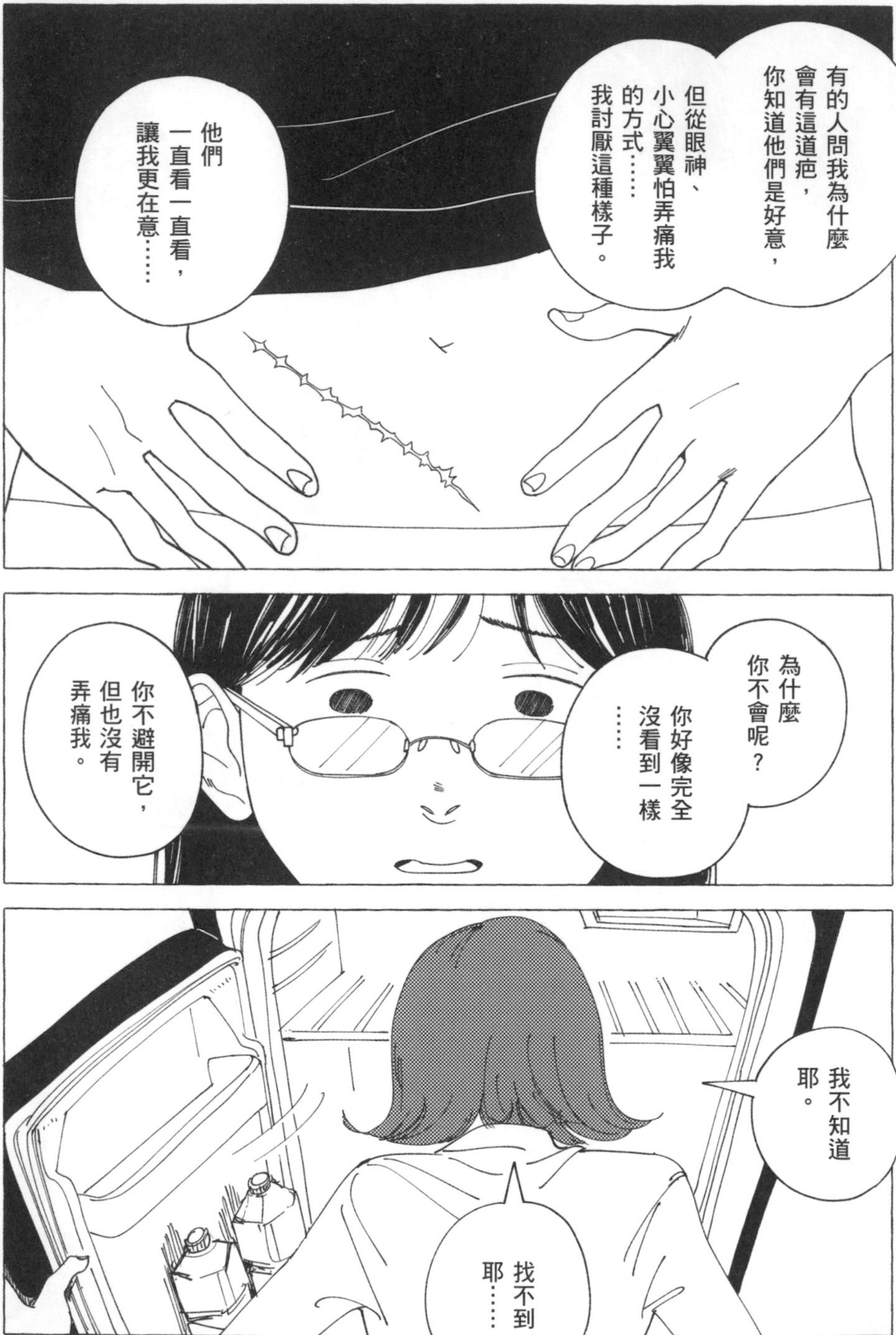
有的人問我為什麼會有這道疤，你知道他們是好意，
但從眼神、小心翼翼怕弄痛我的方式……我討厭這種樣子。
他們一直看一直看，讓我更在意……
為什麼你不會呢？
你好像完全沒看到一樣……
你不避開它，但也沒有弄痛我。
我不知道耶。
找不到耶……

你真的有戴耳環嗎？我怎麼記得好像沒有？
因為我前陣子生了小孩，是剖腹產，才會留下那麼大的疤。
啊謝謝我不能喝冰的。
這是我自己要喝的。
我會氣喘，我不喝冰的也不吃甜的，但有時候我很想吃辣。
……
剖腹喔，看起來不像。
那個位置比較像一般手術。
你怎麼知道？
我剛好是護士。
真的假的。
很剛好是真的。
好吧，我其實不太願意講我的事情。
我不是剖腹，我生病了。
嗯嗯。

我出過一個很大的車禍，差點要把我撞成兩半。
但也幸好，發現肚子裡有一顆腫瘤，順便把它割掉，可以說是車禍救了我一命，那時我還被撞到失憶。
……
這是三年前的事情，也因為身體影響，平常不太能工作。
還有就是，住院後我女朋友就沒有跟我做愛了，因為我是病人，我已經沒有魅力了。
真的謝謝你，像對待一個普通人一樣對我。
我覺得你人很好。
你看起來很健康，我想你會好起來的。

……
知道我生病了，你還能像之前那樣跟我做愛嗎？
當然可以。
在你跟我說之前，我都沒有發現你快死了，而且你應該沒有生病吧？
放寬心。
我最不喜歡別人跟我說放寬心！
你怎麼知道我沒有生病？
我的腫瘤隨時都會復發！
你根本不懂！
好，不好意思，我不該猜測你的身體狀況。

……
我在我女朋友的手機查到你的聯絡方式。
喔？
因為我發現他心不在我身上，想說他到底是被誰給騙了。
他沒辦法一直承受我這樣的情緒，壓力很大，我看他寫給你的訊息是這樣寫的。
簡訊？
喔喔，可能吧。
但是，我不只跟一個人約炮，我炮友大概二十個以上。
我不是很清楚每個人的私事，所以我不太知道你說的是……

他曾經想殺了我，或者跟我一起死。
三年前他為了我的手術已經花光了所有的錢，現在一切又要再一次，因為我一直沒有好起來。
可是沒有好起來是我的錯嗎？我也想好起來啊。
你想起來了嗎？他是不是有常常跟你抱怨我的事情？
我好像有點印象，
但是女朋友出問題的也不只他一個，我有點不太知道是哪一位。
我知道他要等我死掉，拿到我的保險金，然後就會跟你在一起。
我會在那之前，先殺了他，反正我本來就沒多少日子可以活了。
抖
抖
他呢，趁我睡覺的時候，偷偷在我的點滴裡面加東西，他一定希望我趕快死掉。
不可能啦。
什麼？
現在只有結婚或直系親屬才能指定為受益人。
他法律上只是你的朋友，你死了他也拿不到錢。

……
是這樣嗎？
法律上是這樣。
為什麼他不愛我了？
我不知道。
你會跟他在一起嗎？
不會，我有喜歡的人，而且我也不知道到底是哪一位。

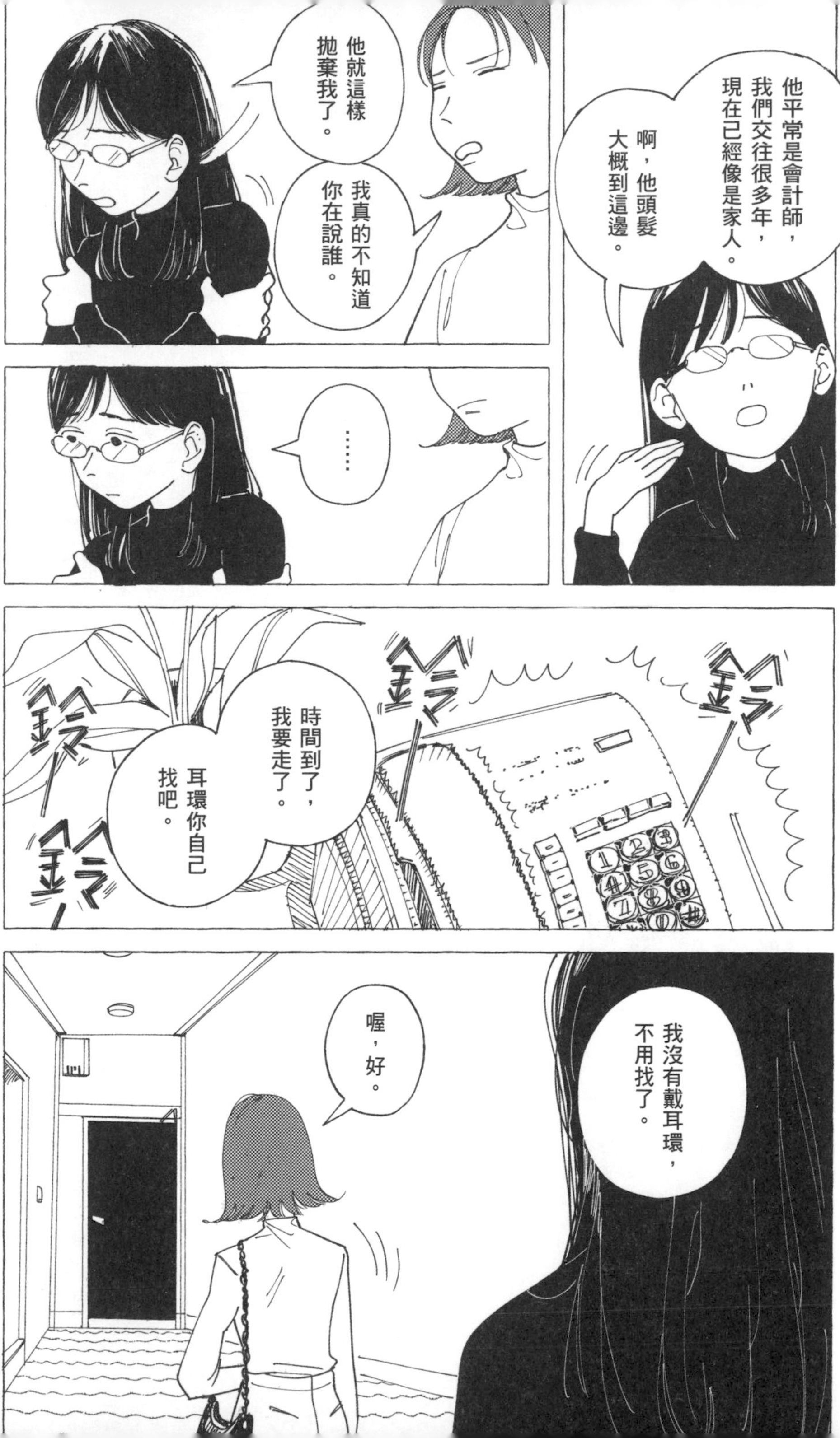
他平常是會計師，
我們交往很多年，
現在已經像是家人。
啊，他頭髮
大概到這邊。
他就這樣
拋棄我了。
我真的不知道
你在說誰。
……
時間到了，
我要走了。
耳環你自己
找吧。
我沒有戴耳環，
不用找了。
喔，好。

他就這樣拋棄我了，
你也要拋棄我了。
我要走囉，時間到了。
噠
等一下。
可不可以再陪我一下？
可是時間到了，要多付錢嗎？
我沒錢。
那怎麼辦？
再一下下。

都沒有人要理我。
鈴鈴鈴
你先出去吧，我留在這裡。
你不要在人家的旅館自殺喔。
那你陪我。
……

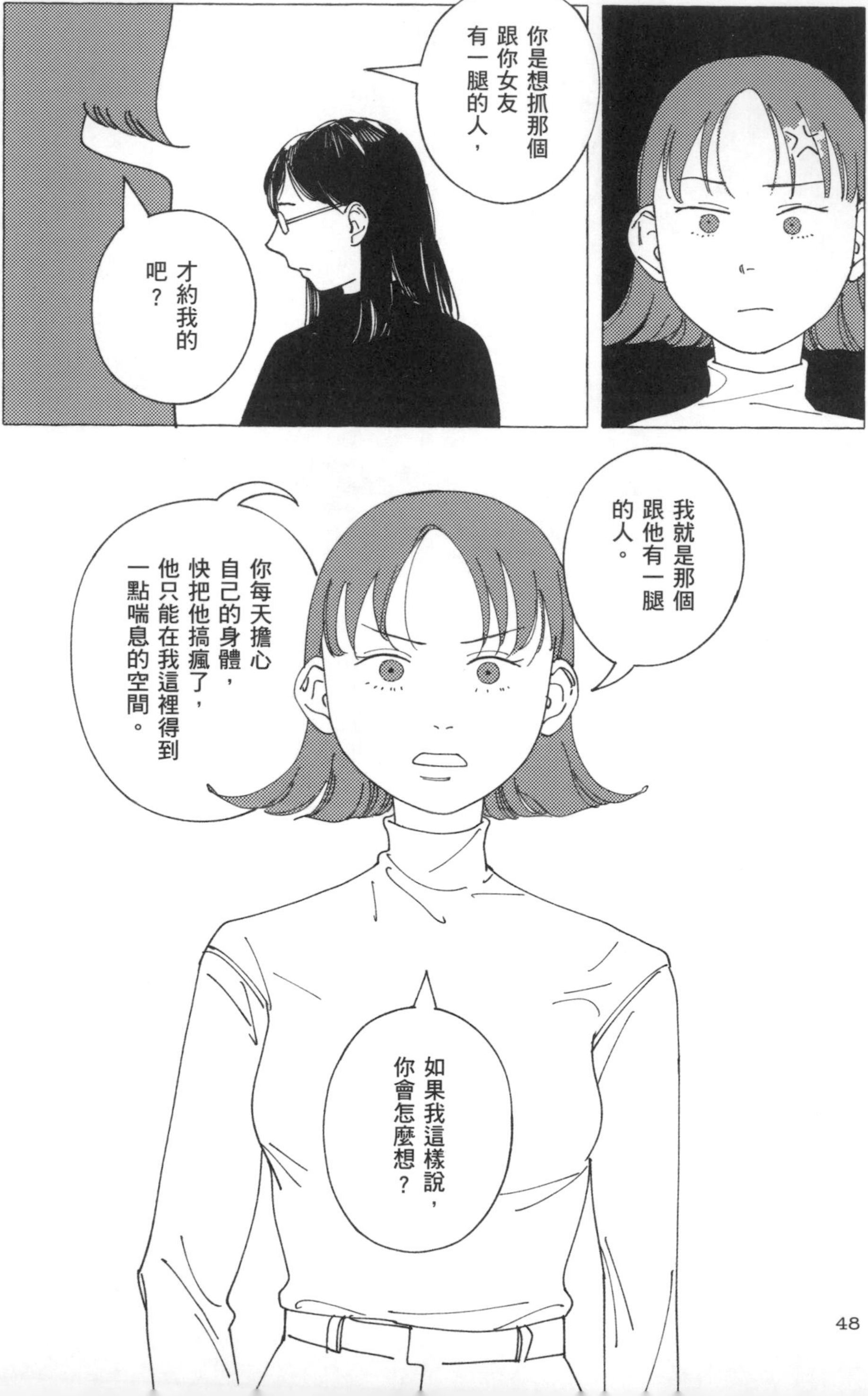
你是想抓那個跟你女友有一腿的人，
才約我的吧？
我就是那個跟他有一腿的人。
你每天擔心自己的身體，快把他搞瘋了，他只能在我這裡得到一點喘息的空間。
如果我這樣說，你會怎麼想？

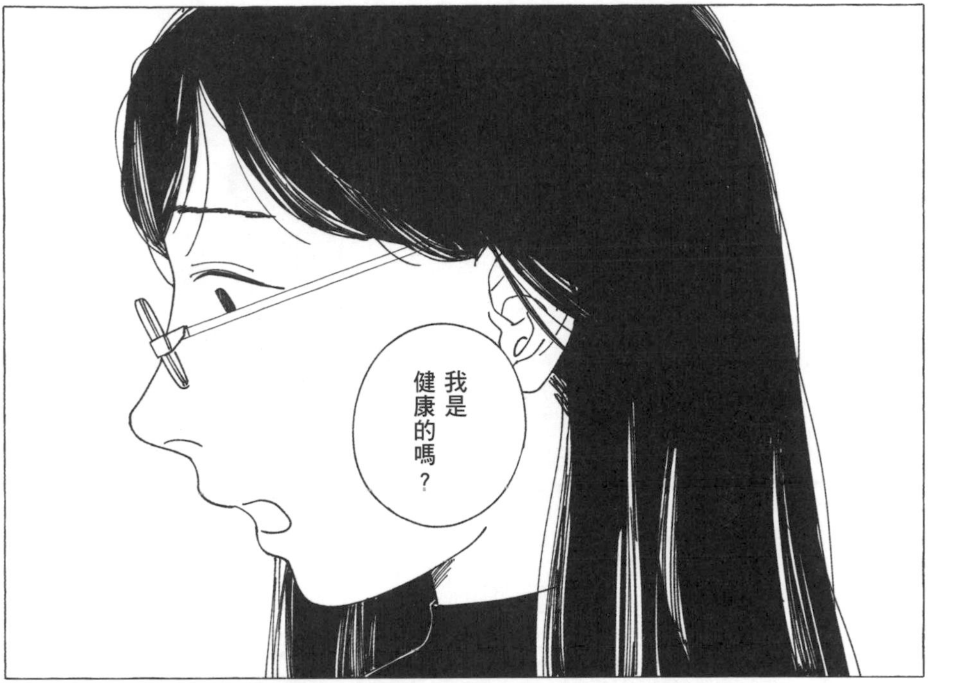
我是健康的嗎？

我不知道。
我想你沒有病。

證明給我看。
喂，這裡是 214。
再加兩個小時。
喀
啪

Room 3.

聽見愛

我們先講好，你能做到哪裡，好嗎？
你能接受跟男生嗎？
到愛撫應該還可以。

主要想約的人是我，你真的不喜歡可以隨時喊停，他不會怎樣。

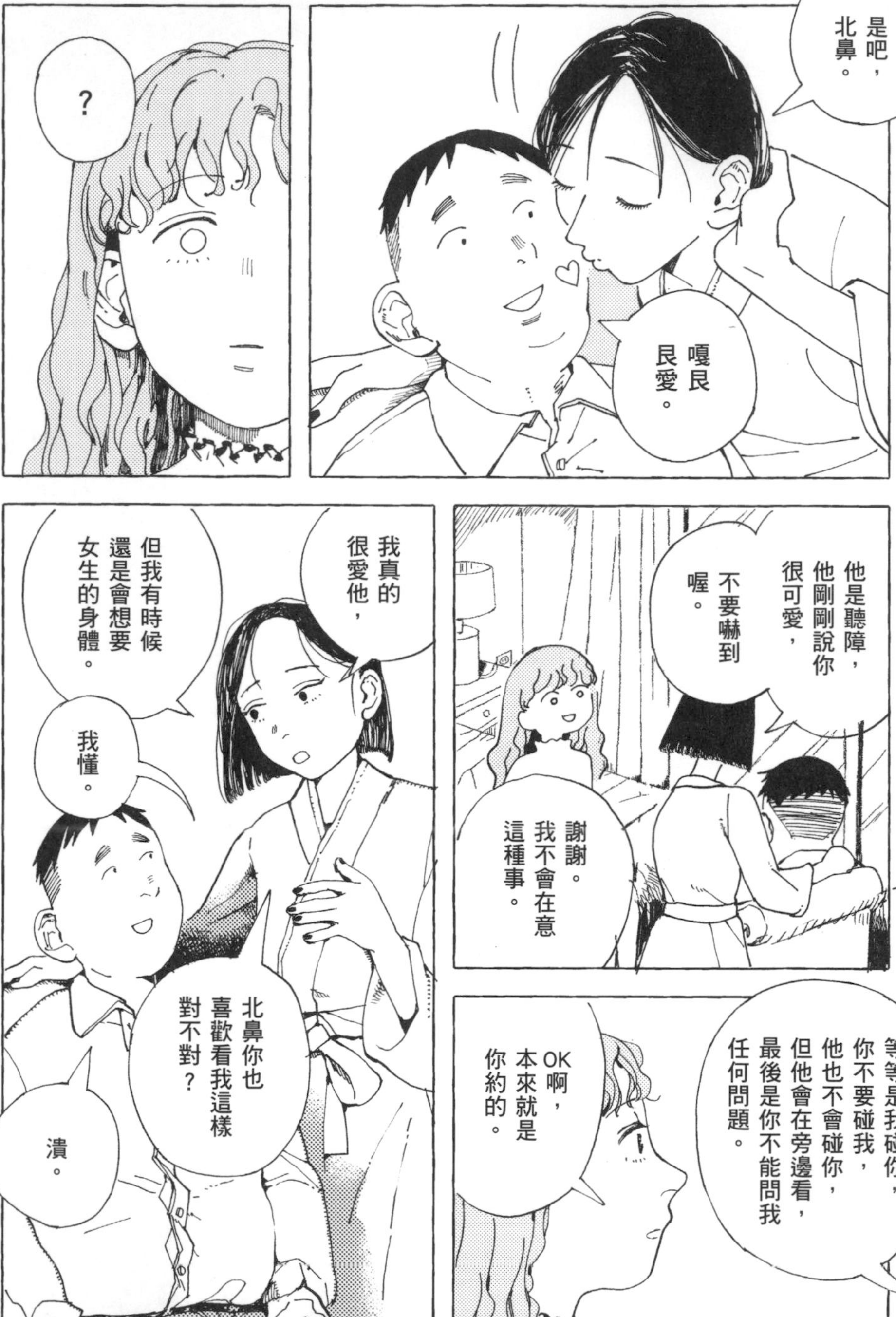
是吧，北鼻。
嘎艮艮愛。
？
他是聽障，他剛剛說你很可愛，不要嚇到喔。
謝謝。我不會在意這種事。
我真的很愛他，
但我有時候還是會想要女生的身體。
我懂。
北鼻你也喜歡看我這樣對不對？
漬。
等等是我碰你，你不要碰我，他也不會碰你，但他會在旁邊看，最後是你不能問我任何問題。
OK啊，本來就是你約的。

他說對。
嗯。
扭
拔
助聽器……？
他不需要聽到。
他就是一個操他媽的聾子。

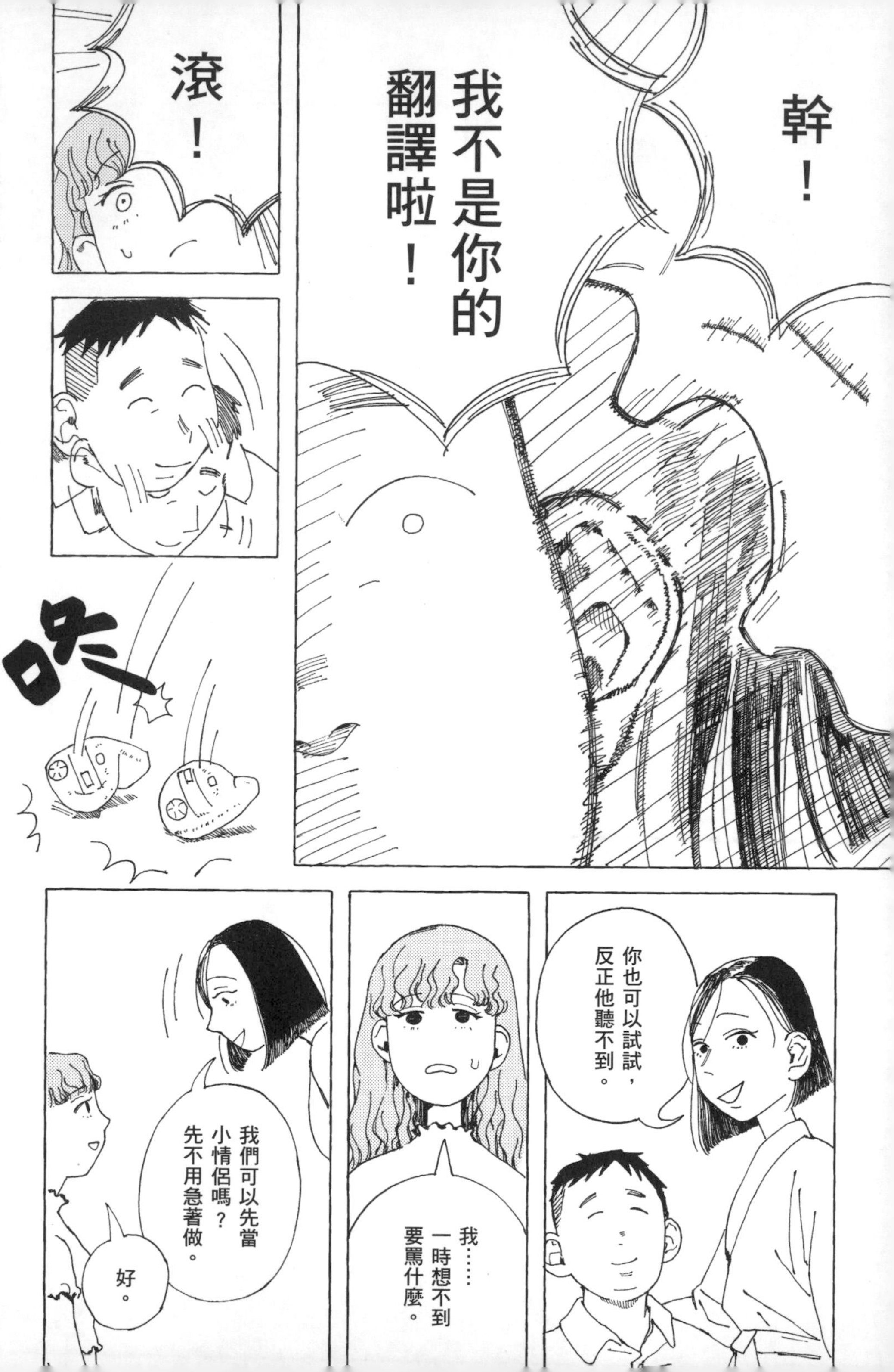
幹！
我不是你的翻譯啦！
滾！
咚
你也可以試試，反正他聽不到。
我……一時想不到要罵什麼。
我們可以先當小情侶嗎？先不用急著做。
好。

!!
彈
女生的身體好舒服啊，
好柔軟……
知道他叫床怎麼叫嗎？

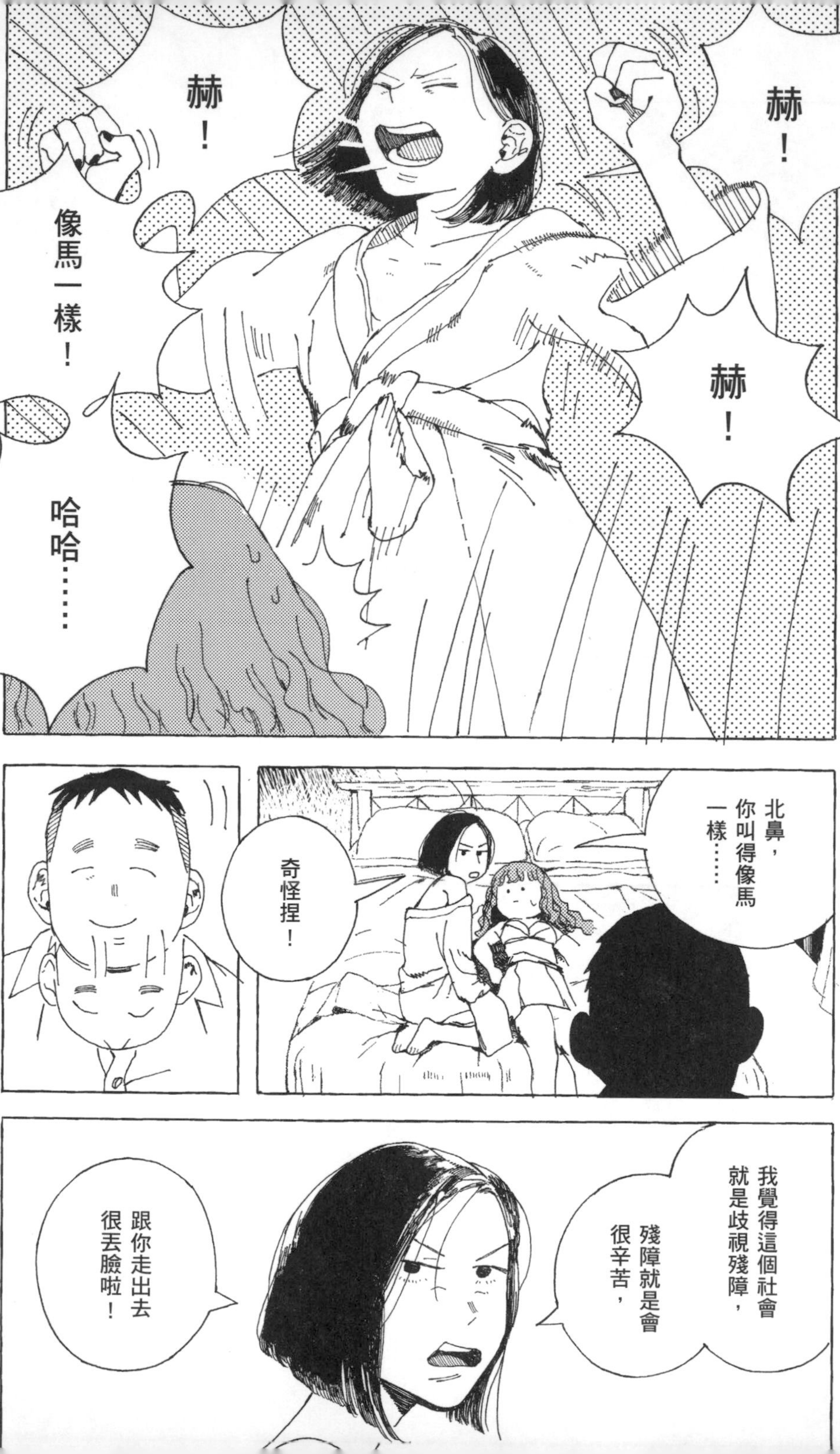
赫！
赫！
赫！
像馬一樣！
哈哈……
北鼻，你叫得像馬一樣……
奇怪捏！
我覺得這個社會就是歧視殘障，殘障就是會很辛苦，
跟你走出去很丟臉啦！

嗯……
你喜歡怎樣的？
我喜歡從後面抱。
你好香……
他明明就在旁邊，卻什麼都不知道。
我不只一次背叛他，好幾次在他上班的時候帶不同人回家，還會在他旁邊跟別人打情色電話……
呃，你喜歡玩這種的？
一開始只是在他旁邊看A片，
他沒戴助聽器，
覺得好好玩喔……
遇到每一個身材都比他好——
摸

你什麼東西啊，又聾又啞，長得不怎樣，肚子還那麼大一個！
憑什麼跟我交往，你不知道你講話很難聽嗎！
上次有個人打算每個月出十萬包養我，但我覺得我還是愛他就拒絕了。
反正我真的很受歡迎。
啊可以開始了嗎？
呃，好啊，你不用問也沒關係。
嗯。輕、
輕一點。

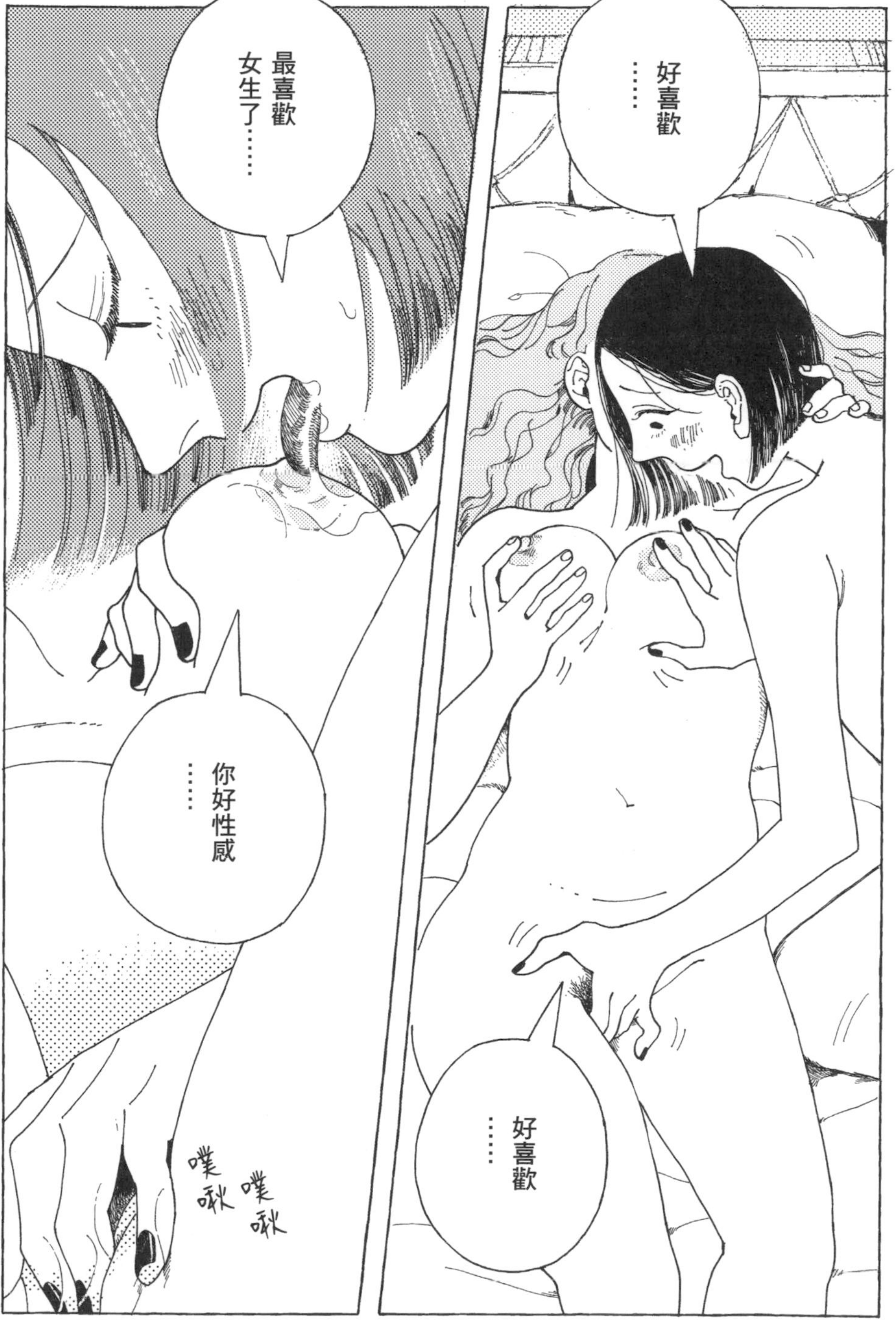
好喜歡……
好喜歡……
最喜歡女生了……
你好性感……
噗啾
噗啾

男的真他媽的噁心！
滋滋滋
哈……
嗯……舒服嗎？
跟我說你喜歡怎麼樣……
你好美，
我好喜歡……
啾啾
噗滋
啊……
好濕……

我要警告你，聾子！
你吃完東西立刻洗碗！
不然那個碗會有蟑螂，
會有很多很多蟑螂！
ㄟ，你也罵他啊！
他根本聽不到，
哈
哈
啊
啊
這樣超爽的！

啊～～～
嗯
呼
我去外面抽菸。
噠
窸窣
窸窣
ㄟ，你看！
我男朋友硬了耶！

受不了了
對吧？
你怎麼那麼
喜歡看兩個女生
幹來幹去啊？
男生真的
都有病耶！
你最
變態啦！
哈……
……
呼
嗯
呼
嗯
……

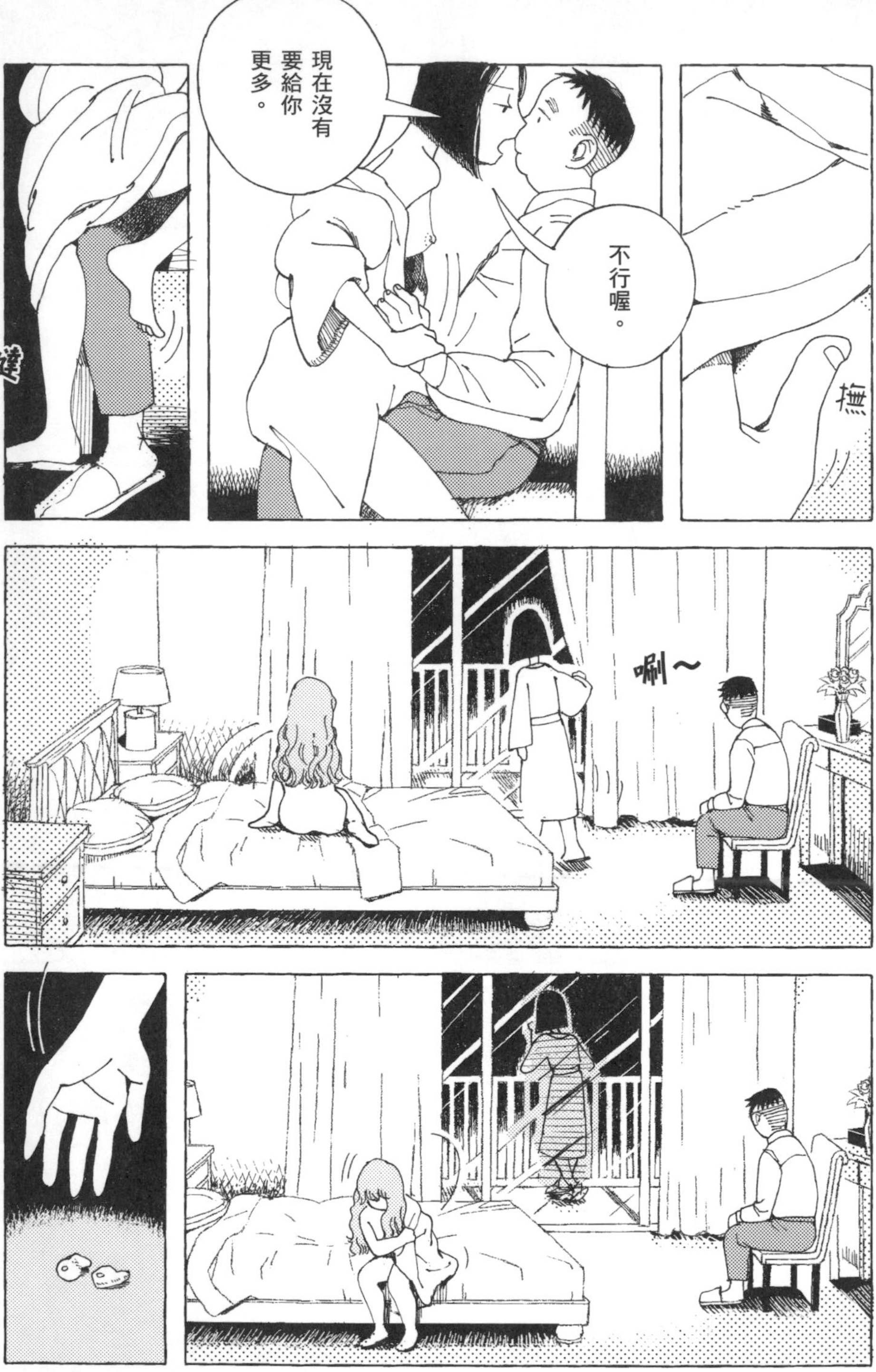
撫
不行喔。
現在沒有要給你更多。
噠
唰～

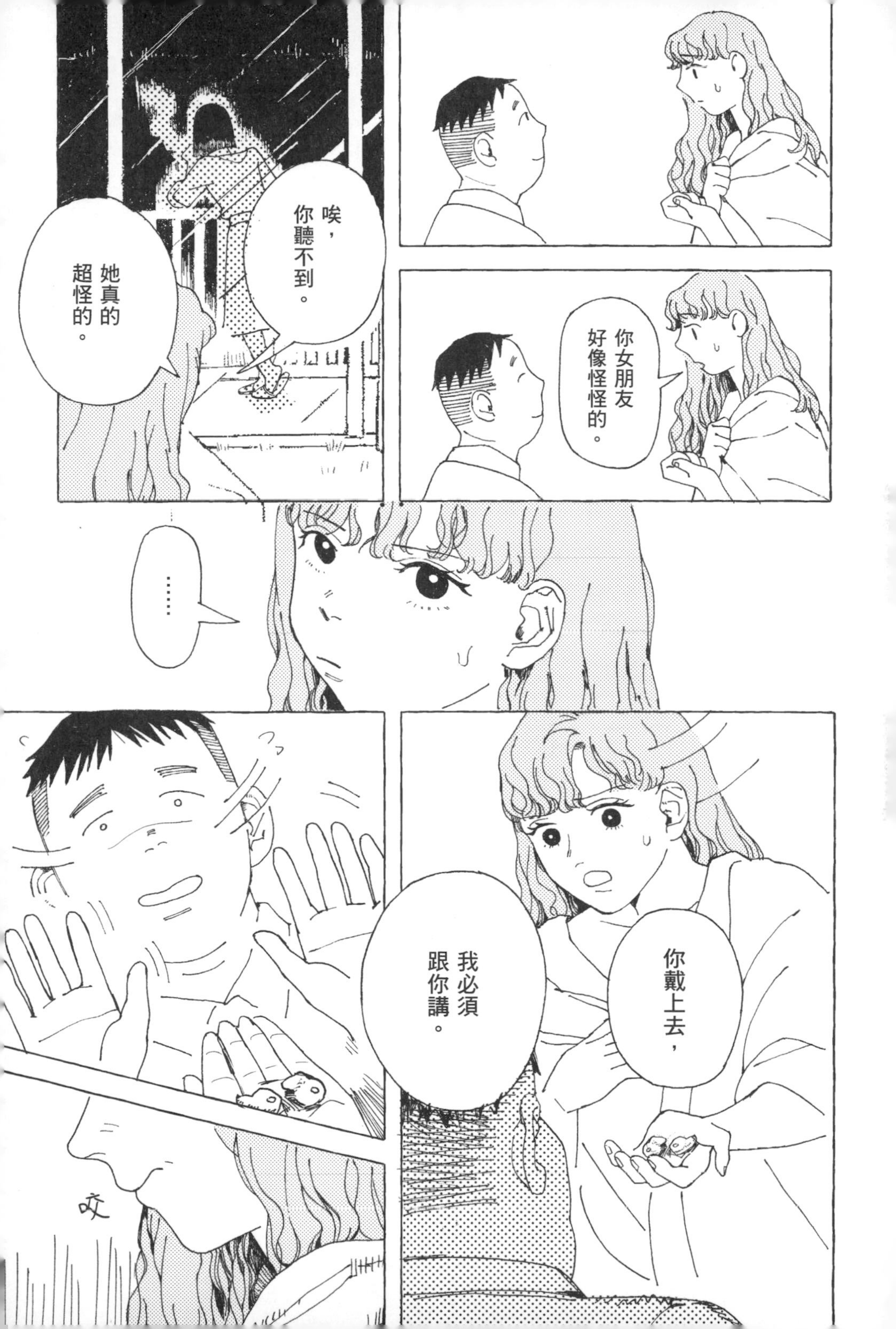
你女朋友好像怪怪的。
唉，你聽不到。
她真的超怪的。
……
你戴上去，
我必須跟你講。
咬

天哪，你不要那麼聽她的話好不好，她真的有病！
嗯？你剛剛點頭了？
你聽得到？
唇語？你會讀唇語是嗎？

所以你都知道她說了什麼？罵了什麼？
？
聽不懂？你知道她說了——
呃，
看不懂手語……
不知道？
知道？
說慢一點？

好，我說慢一點。你看得懂她的唇語？
那你知道她在說什麼？
那她知道你會讀唇語嗎？
保密？
你要我保密？
好，先不管那個，她罵你、背叛你，而且她很享受……
你都知道？

那為什麼還……
跟為嘎燈蹦呢。
嗯，不好意思，你再說一次。
跟為嘎燈蹦呢。
我真的，嗯……對不起，
還是你可以用寫的？
跟為嘎燈蹦呢。

因為她生病了。
喀
嗯？
！
他說，因為她生病了。

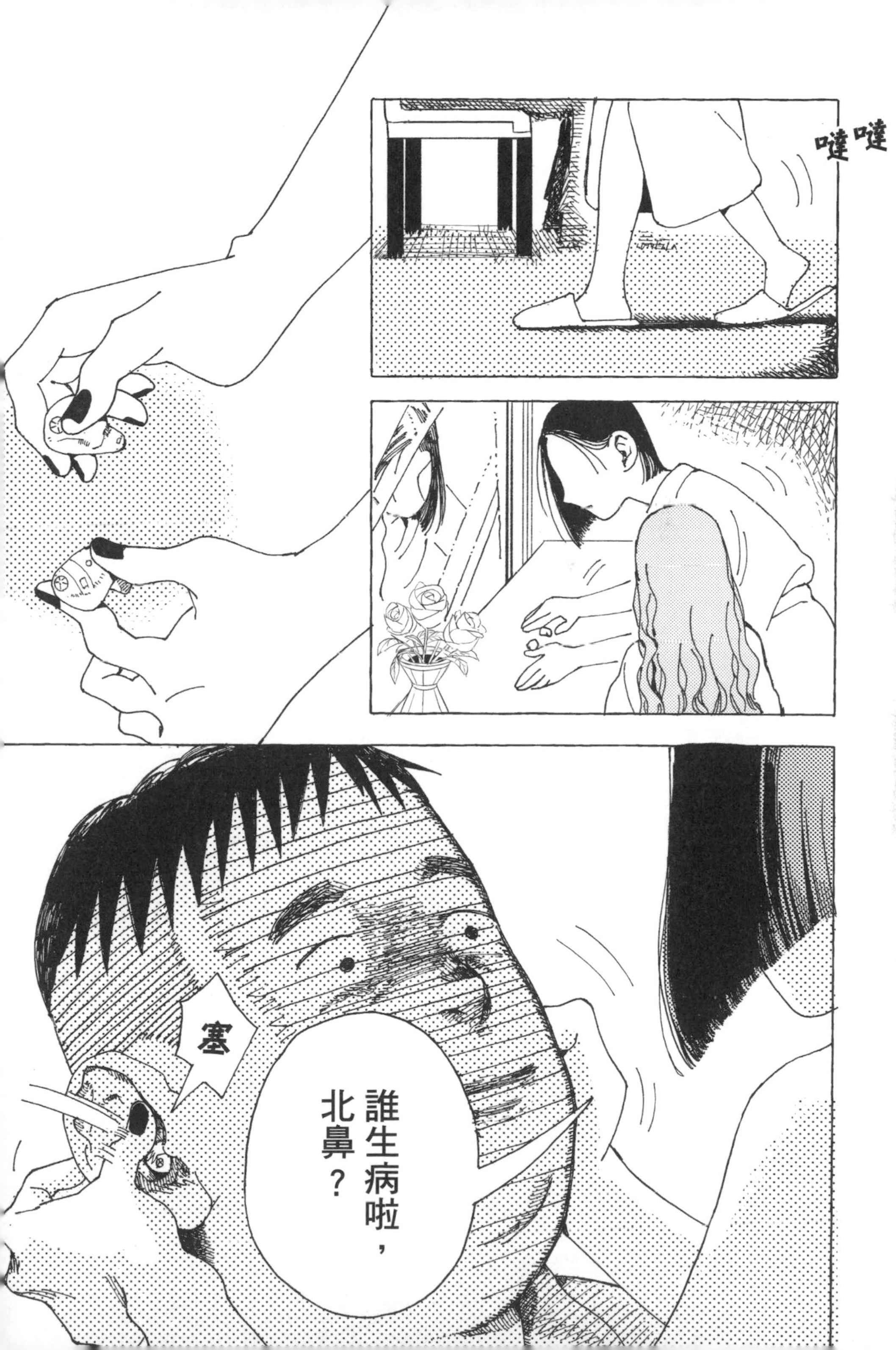
噠噠
塞
誰生病啦，北鼻？

我幾歡你。
我也喜歡你。
北鼻，你還在興奮嗎？
我想要你幹我。
呀—♥

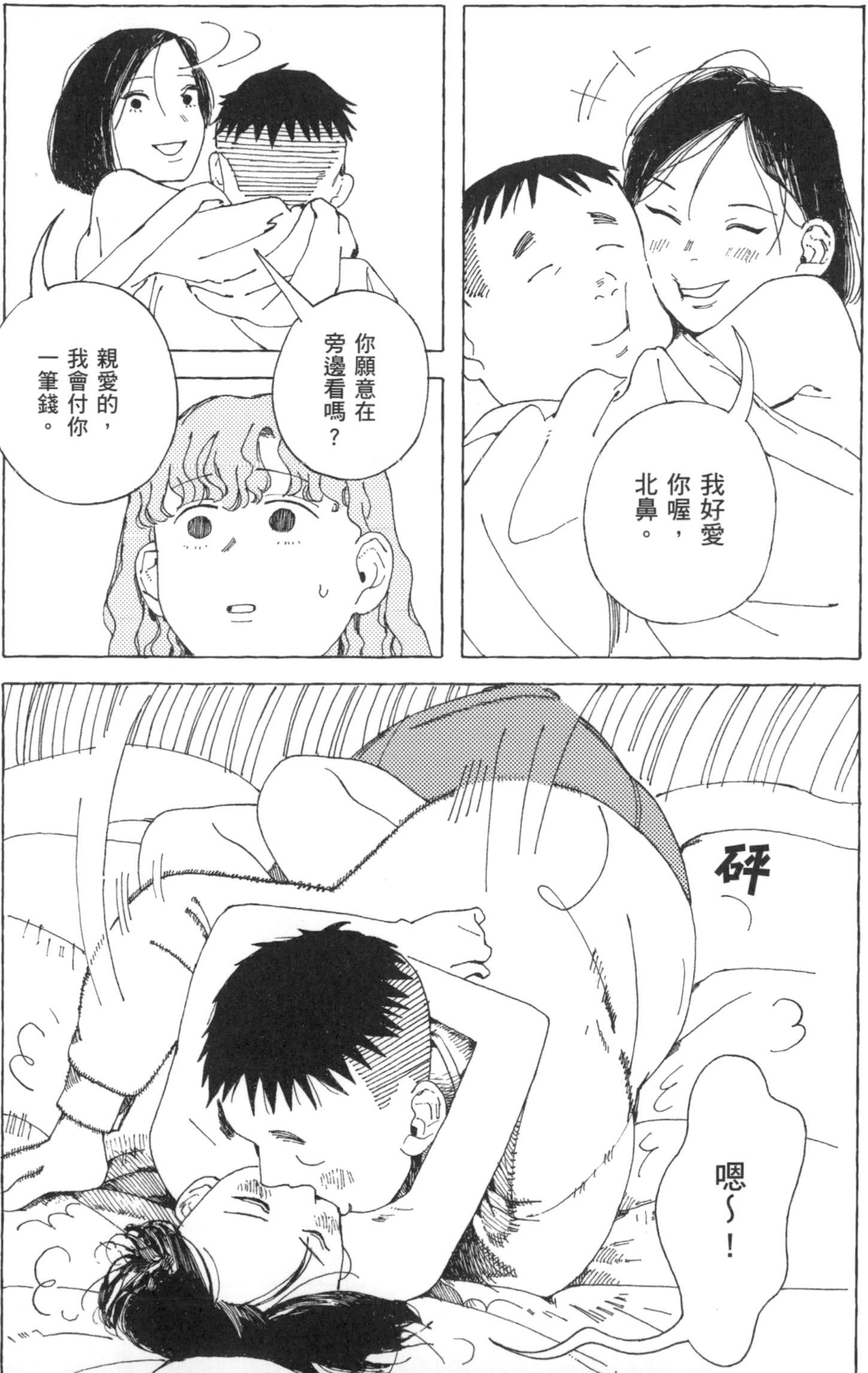
我好愛你喔，北鼻。
你願意在旁邊看嗎？
親愛的，我會付你一筆錢。
砰
嗯～！

啊，等一下。
你知道你的眼睛有多美嗎？
光被你看著我就濕了！
我想要你看我們做。
啾噗

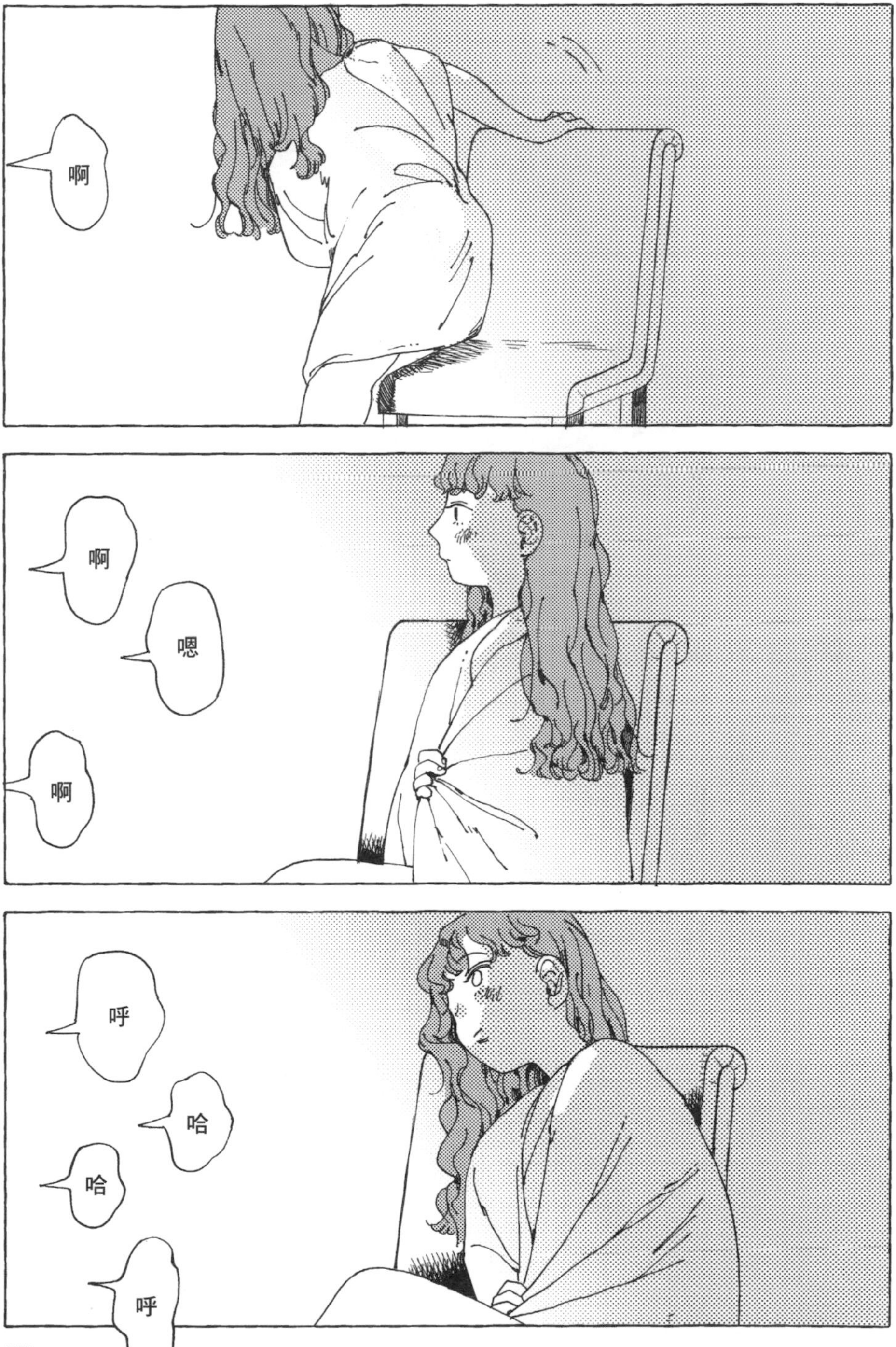
啊
啊
嗯
啊
呼
哈
哈
呼

你們好像
真的滿相愛的。
嗚
啊
啊
啊

Room 4.

又熱又痞又寂

呃，
哈囉……

這裡只有我。
你是……
侏儒？
啊，抱歉。
不用道歉，你有說錯什麼嗎？

……
是我朋友叫我來的。
你不是……？
啊哈，我明白了。難怪覺得你跟照片長得不太一樣。
我朋友說他今天有約到一個，但臨時有事，問我想不想做。
他有說是侏儒嗎？
沒有。
喔。
……
真抱歉。
嗯？
可能是我嚇走了你朋友吧，果然侏儒就是不行……
不是啦，他是真的有事。

我想他沒有跟我說，是他不覺得侏儒有什麼特別吧。
所以就沒特別提。
是嗎？
一定是這樣。
……
你覺得很奇怪的話，可以離開。
沒問題的。
不會不會。
我只是有點好奇。
反正現在也沒事，晚一點才跟朋友有約。
嗯嗯，好。
謝謝。
謝什麼啦。
……。

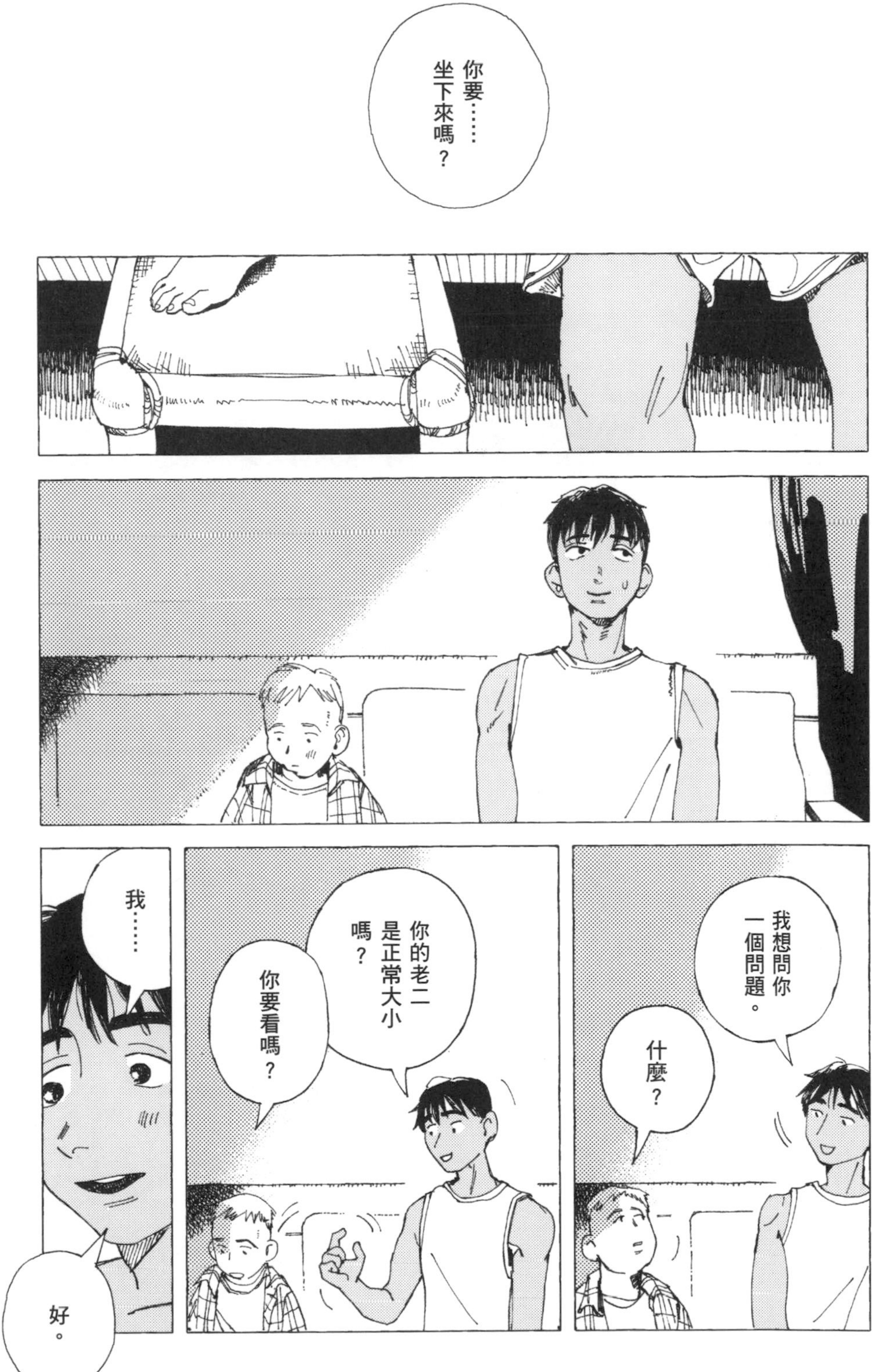
你要……坐下來嗎？
我想問你一個問題。
什麼？
你的老二是正常大小嗎？
你要看嗎？
我……
好。

喔！還滿大的。
那，我穿上囉？有點冷。
啊，等一下。
我可以幫你打出來。

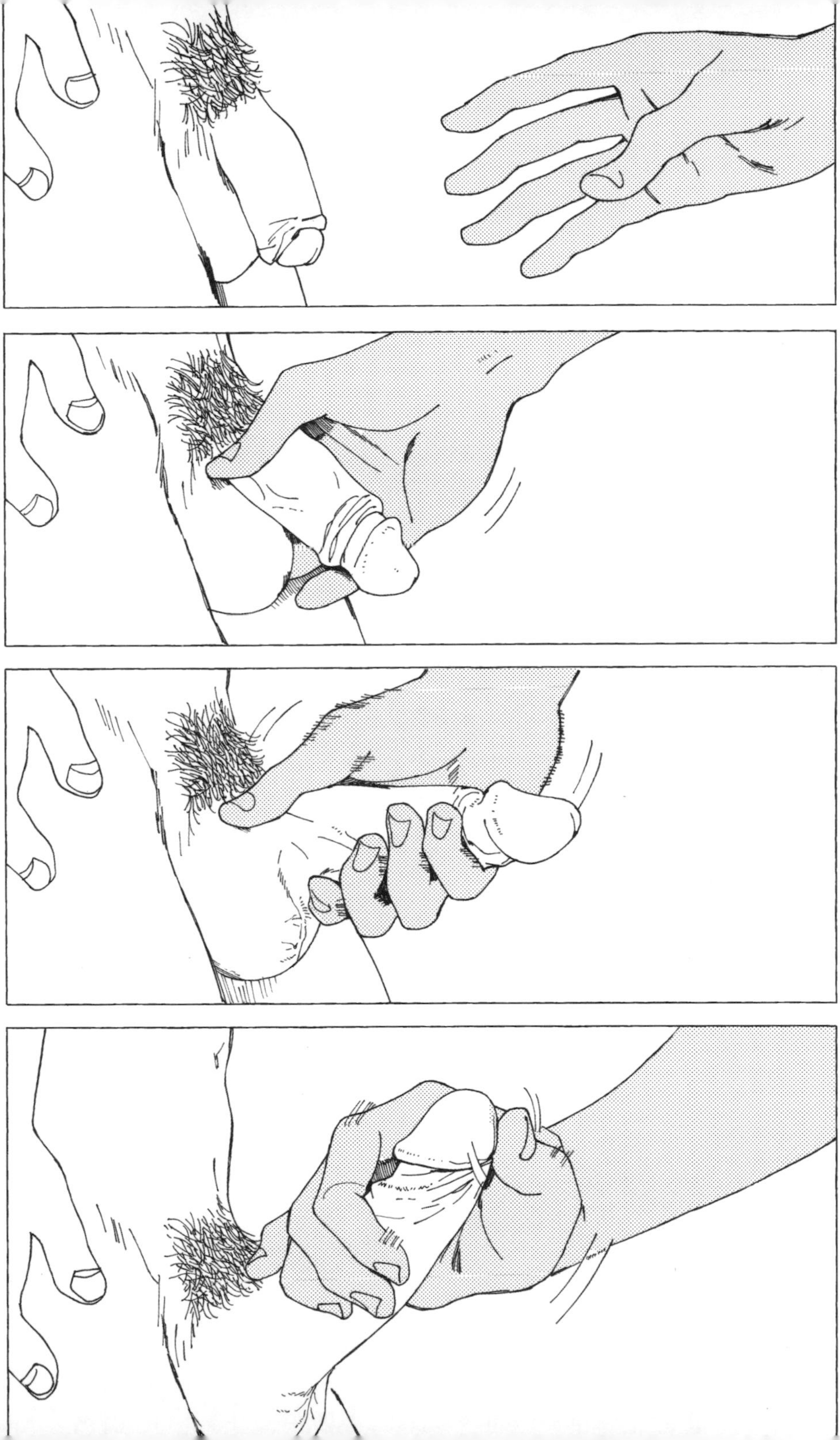

啊……！
好舒服，謝謝、謝謝。
不會啦，不用道謝。
那我可以為你做什麼嗎？
沒關係。
……

你看過《冰與火之歌》嗎？裡面也有一個侏儒。
你說演小惡魔的那個彼得．汀克萊傑？
對，他很厲害。
當然知道，我很羨慕他，他是我的偶像。
影集裡面有一幕是他跟妓女上床，我看到的時候都會想說……
他的size是正常大小嗎？還是會一起縮水這樣，要是太小該怎麼用呢？
……會想這些問題。
嗯嗯。
謝謝你解答了我心中的疑惑。
不客氣。

是不是在國外當侏儒比較好？
就是比較有機會可以發展，侏儒可以當演員耶！想都沒想過。
國外還有一個黑人侏儒因為很喜歡打籃球，
自己創了一個侏儒籃球隊，很多地方都會邀請他們去比賽，還去演講。
哇賽，好有趣。

叫你侏儒你會生氣嗎？
不會啊，有什麼好生氣的，這是事實。
ㄟ，你該不會姓朱吧？
不是。

喔，我開玩笑的啦。
喔喔原來是開玩笑。
哈哈。
竟然又是侏儒又是Gay。
我除了矮了一點之外，其他都跟一般人一樣。
……

幫我吹看看？
沙
沙
沙

唔
唔
嗯

噗哈哈。
對不起，
看不到臉好像是被小孩吹的感覺。
那怎麼辦？要怎麼樣才看得到臉？
沒關係，你繼續你繼續。

噗
噗
唔！
有點痛，你牙齒碰到我了。
對不起。
沒關係。
真的對不起。
對不起 我練習的機會真的不多。
沒關係 沒關係 我了解。
我也不是一天變成口交大師的。
我教你吧。

你把大拇指伸出來，嘴巴張開……
嘴唇用力包住牙齒，然後含著手指。
你看，這樣牙齒就不會碰到了。
嘴唇不能只是含著，用力包住會有很舒服的感覺。
你試試看。
嘴巴很瘦齁。
滿瘦的。
要用力才有效。
然後你舌頭可以去頂你的指腹，用舌頭把指頭包起來吸。
嗯……怎麼做？
我吸你感覺一下。

喔——
好像明白了。
嗯，要用整個舌頭的前半段去包住指頭。
一邊包一邊吸。
嗯嗯嗯。
這種吸力、半真空的感覺就會很舒服。
不是整根含進去狂吸，是要吸特定的點。
然後嘴唇也要用力。
很舒服吧！
不太清楚耶。
這樣好了，你吸我手指看看。
好，先慢慢吸……
嗯，加快一點……
還不錯……嘴唇可以用力一點……
很好，你抓到訣竅了，以後就多練習。

謝謝你。
呼，是嗎？
ㄟ，
你吸得到自己的老二嗎？
不可能吧。
哇好吧，我還以為你可以實現我的夢想。
你想吸自己的老二？
因為大家都說我很會口交，我想看看到底有多會。
但這真的碰不到吧。
瑪麗蓮・曼森把最下面兩根肋骨抽掉，因為他想要含到自己的老二。
他是誰？
一個樂團的主唱，國外的，但差不多過氣了。
真的有這種事啊？
我也是聽說的，我是不相信啦。
抽肋骨哪有用啊，
脖子和頭要可以整個縮起來才含得到，這跟肋骨無關好嗎。
我推你試試看。
呃

壓
看吧，很難吧。
嗯，真的。
啊，我時間差不多了。我等等跟朋友有約。
好。
下次可以約你嗎？
嗯？
網路上聽到是侏儒都不會回。
侏儒找侏儒也是嗎？
有點難……不一定是Gay，他可能也想找一般人。
嗯——
看我有沒有心情啦。
你不要這樣很可憐的樣子啦！這樣我壓力很大耶！
喔對不起啦。

如果你染金髮……Cos成小惡魔的樣子搞不好可以。
真的？
好啊，那太簡單了。
然後要講英文。
好，我練一下。
還有要練習口交的技巧。
嗯嗯。
啊，我想到了！
我可以拍照嗎？拍一系列「小惡魔為我口交」的照片，可以嗎？
不會外傳，但可以拿給我那個好朋友——就是今天放你鴿子的那位，只會拿給他看，可以嗎？
可以啊。
好耶！
那我先走了。
謝謝你，真的。
我很開心。

謝謝你沒有嚇跑。
蛤？幹嘛啦！
被小惡魔口交很酷耶，
掰囉！
喀
噠
噠
噠
噠
噠
噠

踏
呼

抖
抖
謝謝你，
謝謝。

Room 5.

假陽具，真心人

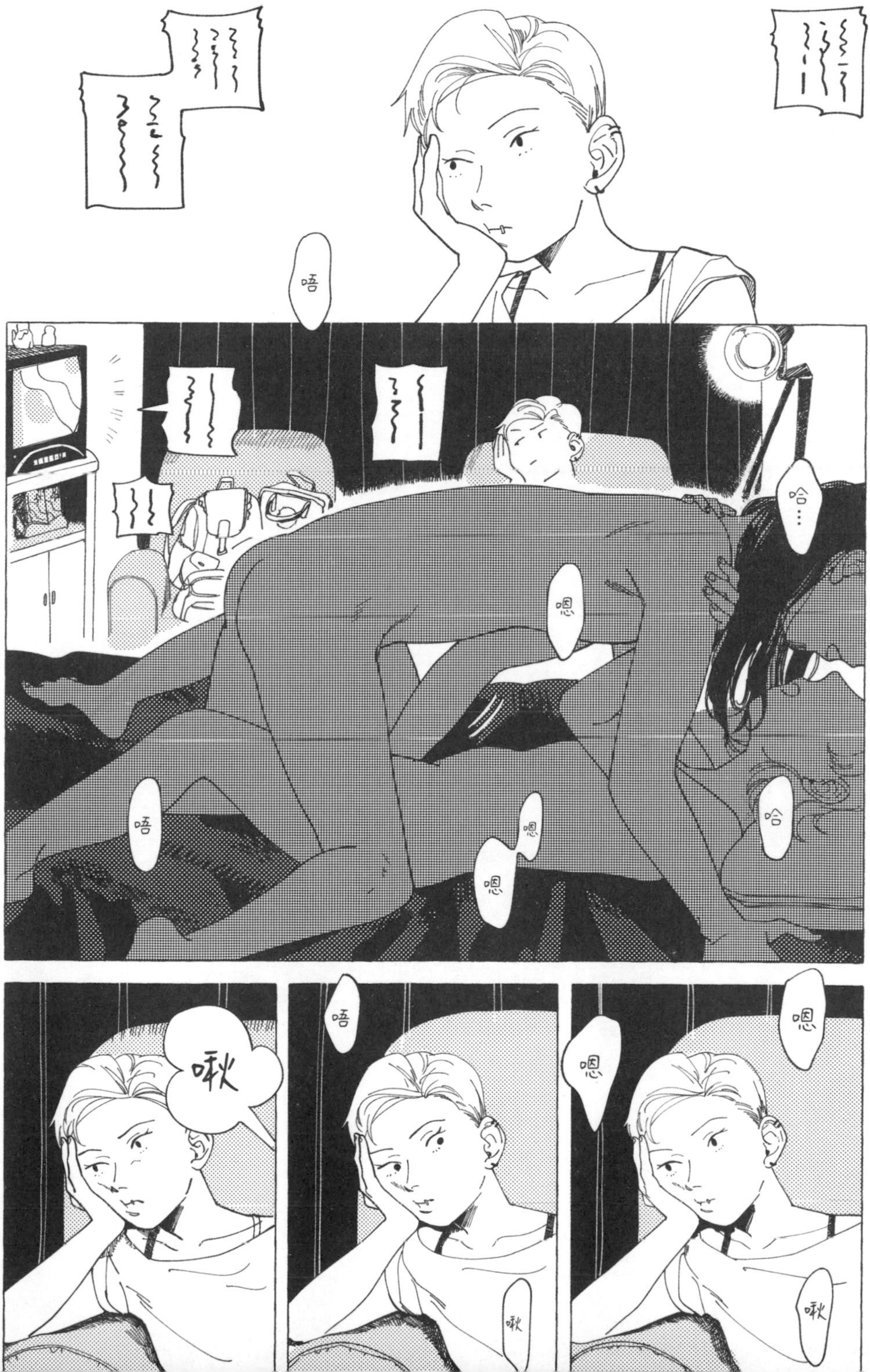
唔
哈……
恩
哈
恩
恩
唔
啾
唔
啾
恩
恩
啾

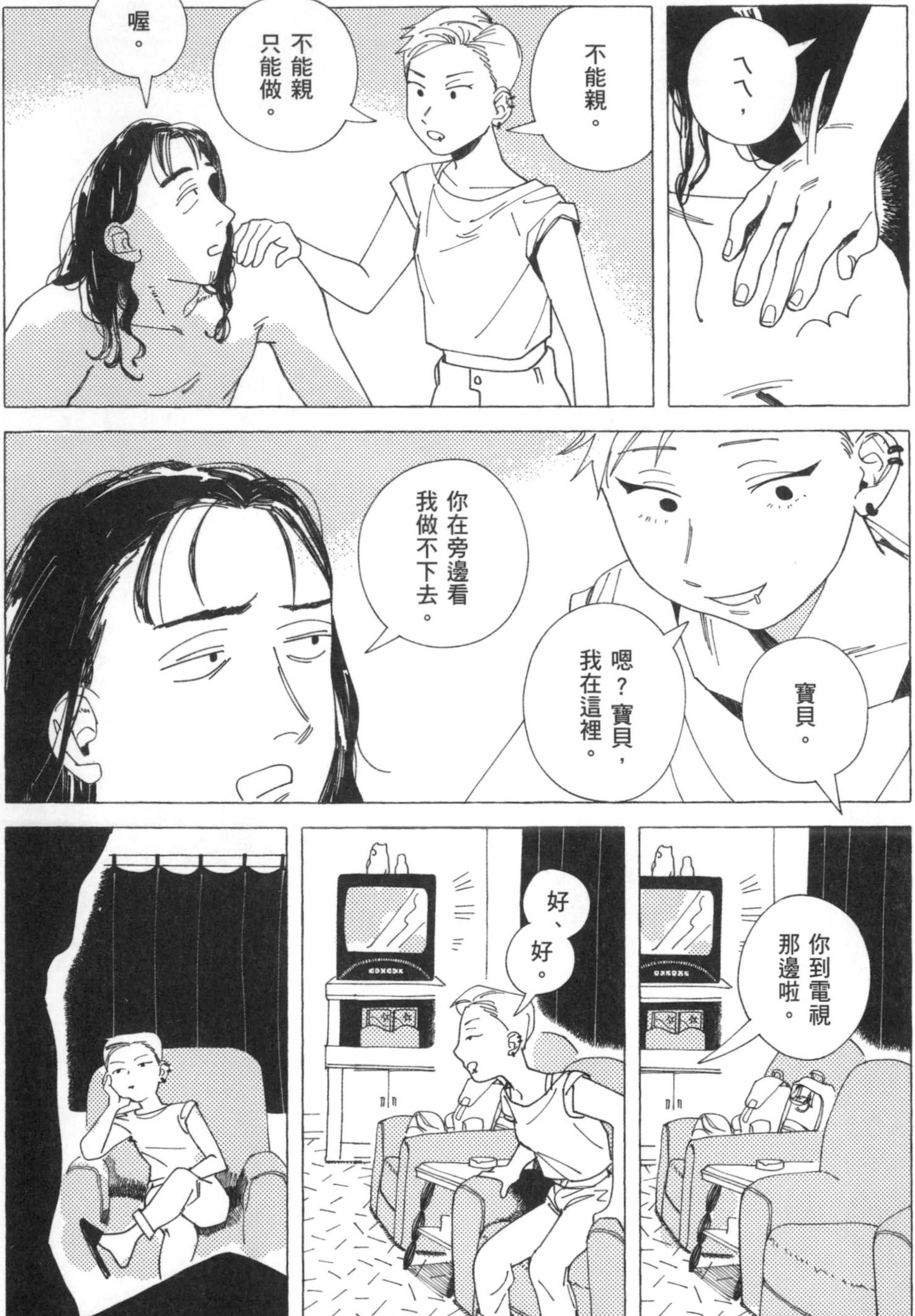
ㄟㄟ，
不能親。
不能親只能做。
喔。
寶貝。
嗯？寶貝，我在這裡。
你在旁邊看我做不下去。
你到電視那邊啦。
好、好。

啊。
哈

嗯……
呼。
你這是要整我吧。
嗯？
一點反應也沒有。
累死我了。
抱歉喔，
自己的女朋友提出這種詭異要求，我已經很配合了好嗎。
都是你。
不要這樣嘛！大家都會想看自己的女朋友跟男生做愛是什麼樣子吧？
我不會喔。

我想一下喔，如果我的女朋友……
算了我沒有女朋友，想不出來。
那你剛剛看了有什麼想法？
嗯——
還沒有什麼想法。
那我下次想選跟別的T上床。
可以啊，先跟我說就好。
哪有這樣約一次就在一起的，我怎麼都沒遇到。
你的炮友都是T啊，誰要跟你在一起。
我真的沒想到她的固炮是男生。
女生你才真的會吃醋吧。

ㄟ，不公平啦！
我跟你在一起以後，其他固炮都斷了耶——
你的固炮是女生耶——
不行！我會想殺光她們。
有你我根本沒體力約了啦。
好啦！
呃啊，被閃光攻擊到了。
那——
你跟男生做有什麼不一樣的感覺嗎？
好像是跟假陽具做愛一樣。
原來是這樣的感覺。
他都是走這個路線嗎？
對啊，他很喜歡講一些自虐的話。這種男生比較可愛吧。
也是，跟自以為是的那種比起來。
我今天就在你的女朋友面前樹立快槍俠的形象了。
其實也差不多啦，
假陽具還比我大，又持久。

不到討厭，就很新鮮，
但就是……
也沒有那麼快啦，
嗯……
跟假陽具差不多？
但他技巧還不錯耶。
謝謝你的支持。
啊，我知道了，一定是我在這邊看太奇怪了。
很奇怪啊！我要怎麼去反應？很羞恥耶！
所以很舒服？
就是跟假陽具一樣舒服啦！
但我還是喜歡跟你做。
我知道啊，你全身上下裡裡外外我都去過了。
喀
我要去浴室逃避這個閃光攻擊。

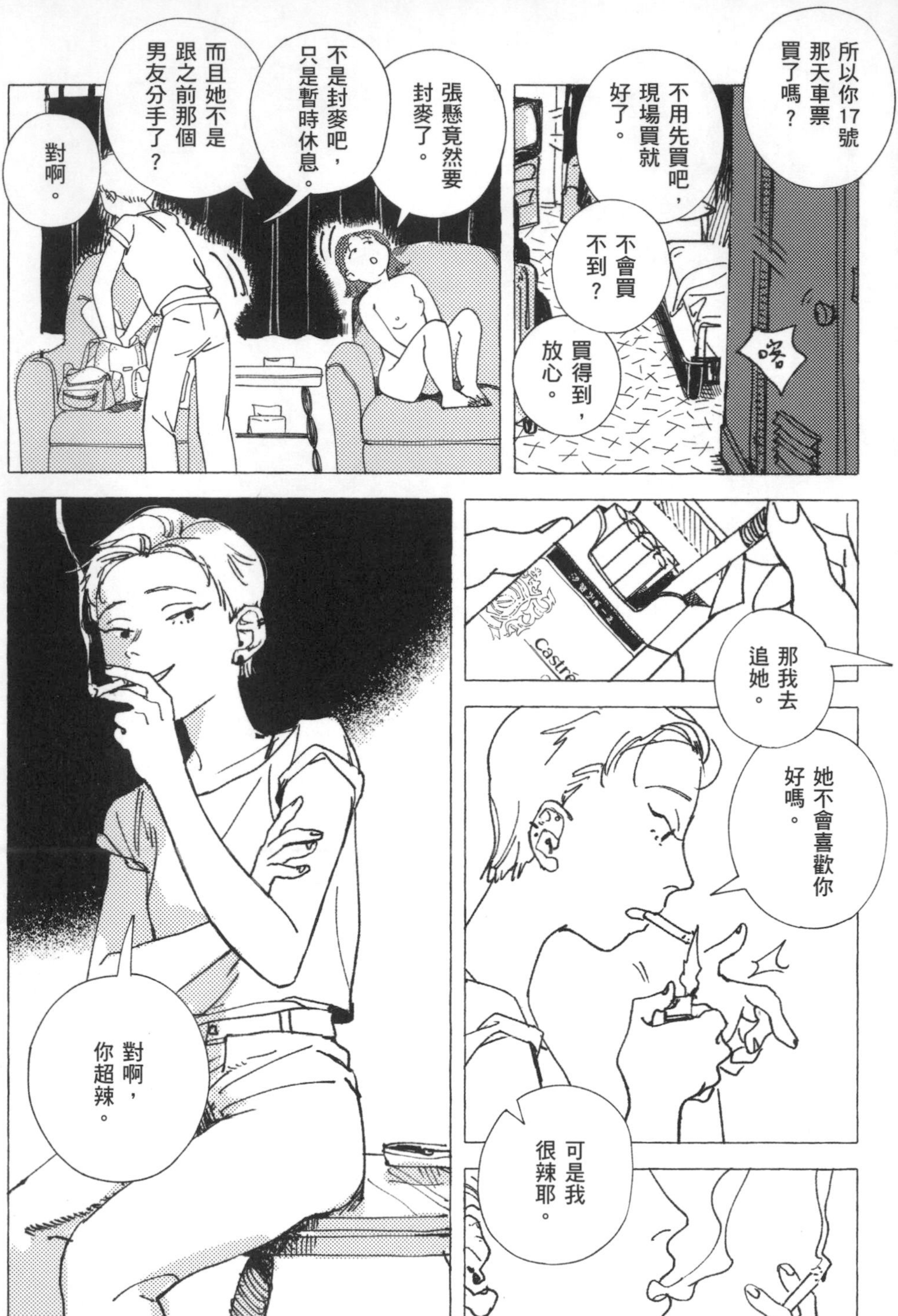
所以你17號那天車票買了嗎？
不用先買吧，現場買就好了。
不會買不到？
買得到，放心。
喀
張懸竟然要封麥了。
不是封麥吧，只是暫時休息。
而且她不是跟之前那個男友分手了？
對啊。
那我去追她。
她不會喜歡你好嗎。
可是我很辣耶。
對啊，你超辣。

我超愛。
嗯……

唔
我好喜歡你摸我……
哈……
沙
恩
沙
啊—
恩—

恩——
啊
哈
啊
啊
噗。
哈
好想要、
想要你、
插進來……

啊
啊
啊
哈
哈哈哈。
鈴鈴鈴鈴
！
喂，
什麼事？
嗯
哈
哈
嗯，嗯。
我了解，現在幾成了？
才三成？
嗯。
我們有可能在一個月內賣到六成嗎？要六成才不會賠。
很難喲。

唉……西洋團真的愈來愈難賣，太多了……
要是封麥就好了。
哈
那用送的吧，你看你朋友有沒有要來看……
嗯
聲音？
對啊怎樣，我在看A片啦。
ㄟ麻煩你們小聲一點啦。
喂，關掉了啦，煩ㄟ。
嗯，還有什麼？
那個不行啦。
上海那邊不辦的話，他們不會來，只辦台北場會賠。
唉，算了啦，能怎麼辦。
好，先這樣。
嗯，謝囉。

什麼？
嗯……
好。
那你之後打算要……？
嗯，好啦。
先休息也好。
啊啊……
快要……
啊啊……！

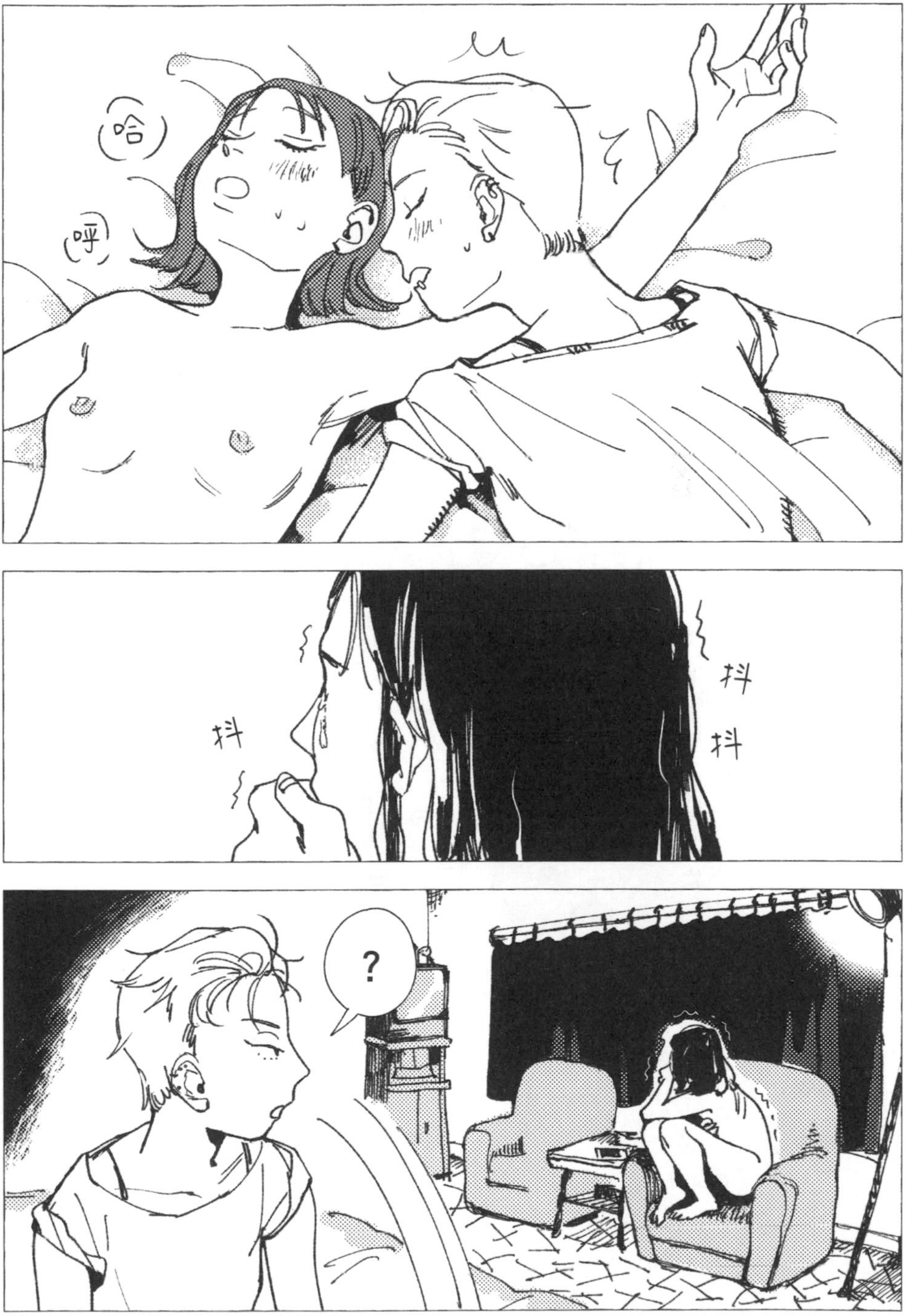
哈
呼
抖
抖
抖
?

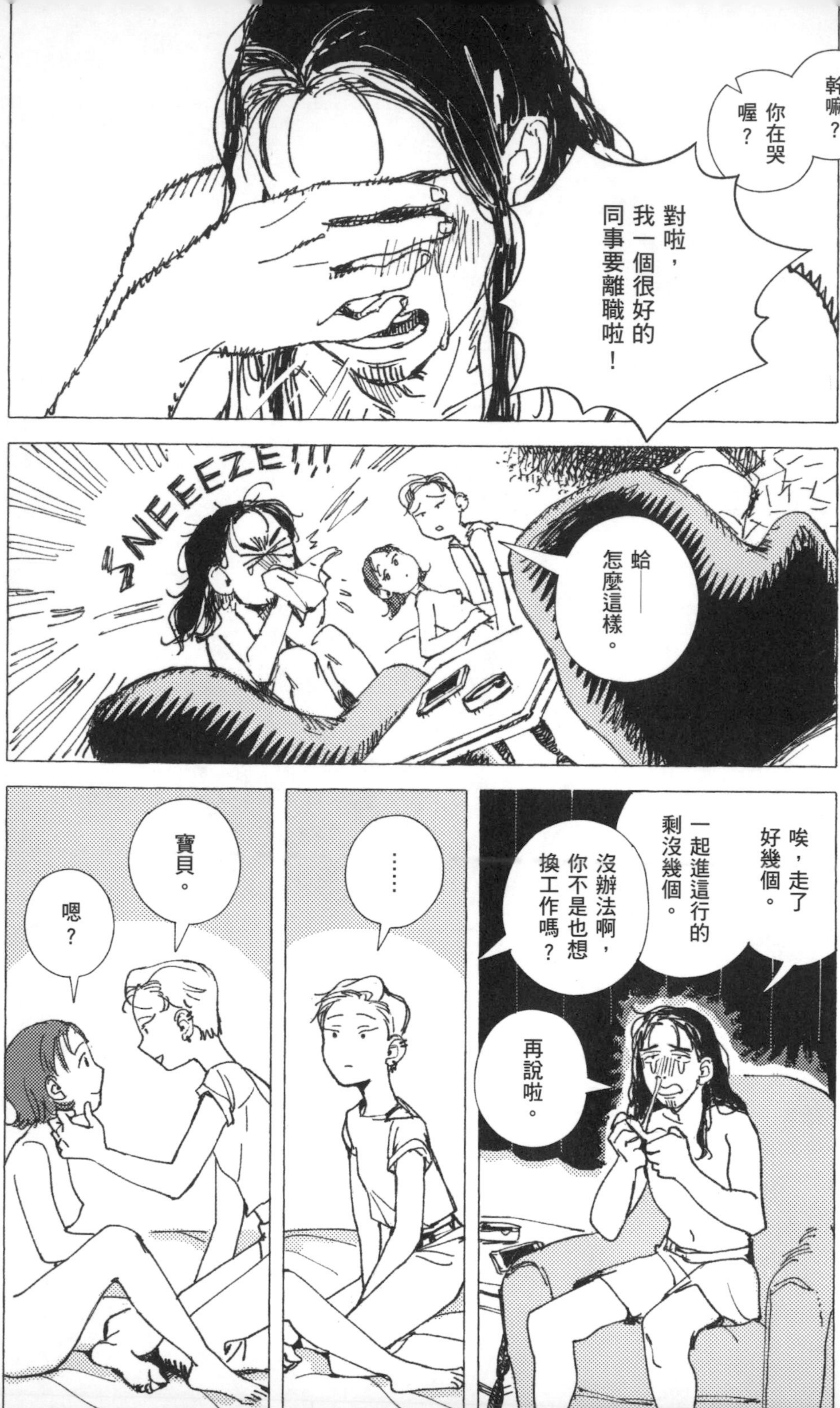
幹嘛？你在哭喔？
對啦，我一個很好的同事要離職啦！
SNEEEZE!!!
蛤——怎麼這樣。
唉，走了好幾個。一起進這行的剩沒幾個。
沒辦法啊，你不是也想換工作嗎？
再說啦。
……
寶貝。
嗯？

我愛你。
我會努力留在這個城市工作。
我也是。
笨蛋。
要我幫你嗎？
不用啦。
你技巧又不好。

讓我練習嘛！
你是被幹的啦！你對幹人沒興趣。
唉唷！
不要勉強自己啊。
我就是喜歡現在的你。

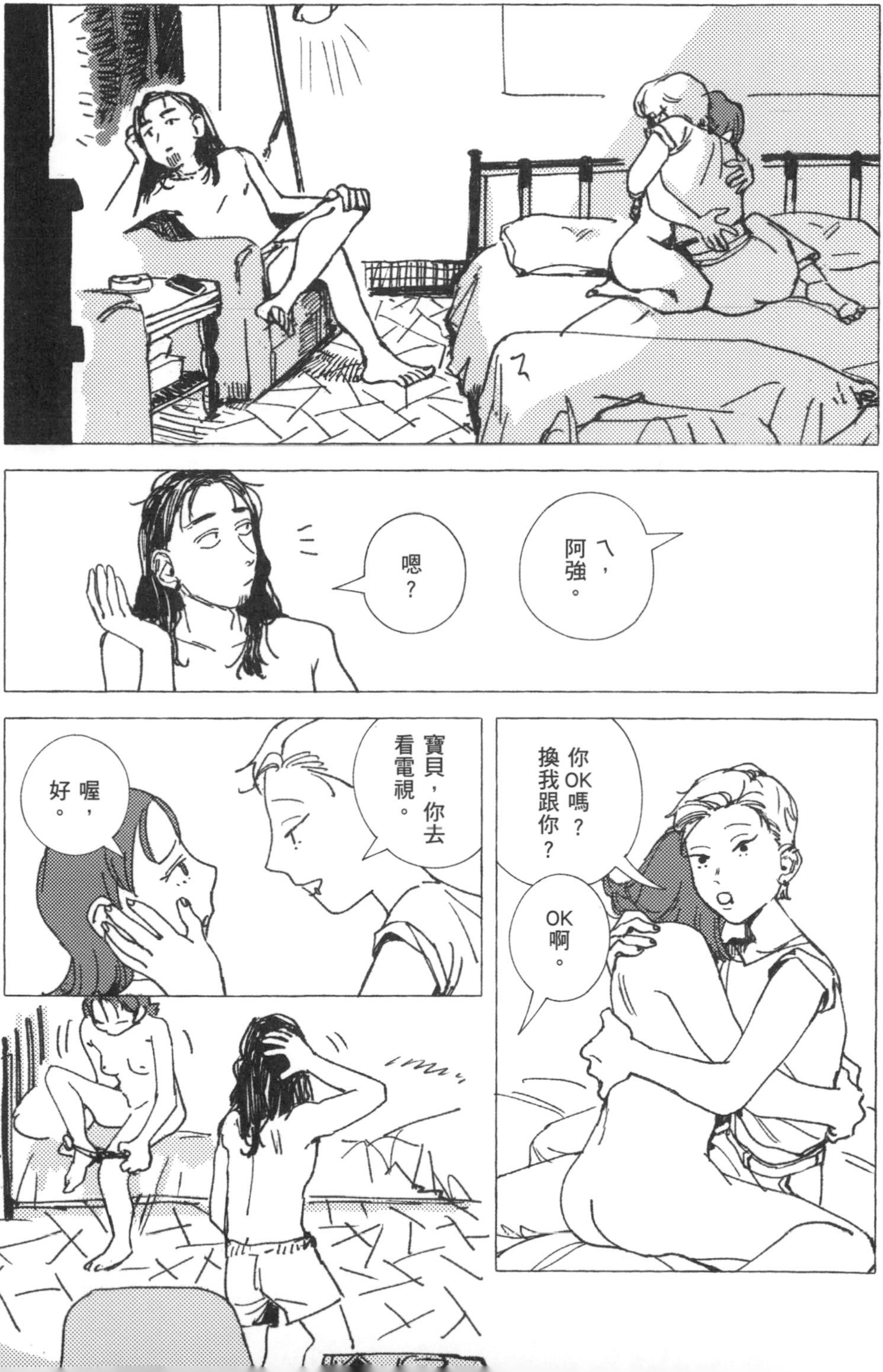
ㄟ，阿強。
嗯？
你OK嗎？換我跟你？
OK啊。
寶貝，你去看電視。
喔，好。

寶貝，不要在這邊。
我不想你看到我現在的樣子。
你不用介意，我不只這個炮友，還有另外兩個T，也是固炮。
她真的不會喜歡我。
是因為我不能滿足你嗎？

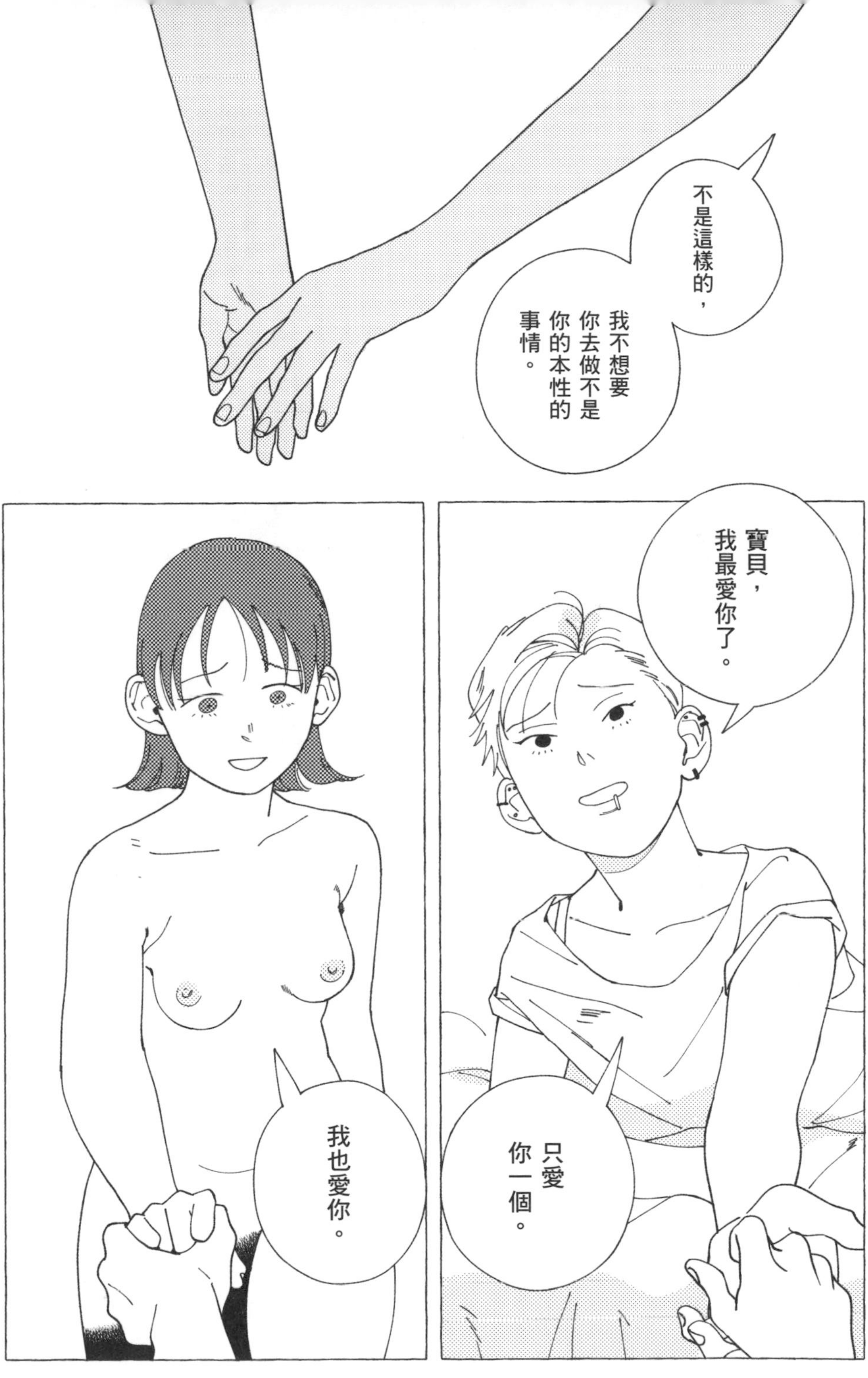
不是這樣的，
我不想要你去做不是你的本性的事情。
寶貝，我最愛你了。
只愛你一個。
我也愛你。

嗶 嗶 嗶
Volume
Volume
嗶
嗶
嗶
嗶
ㄟ，你把鼻涕擦一擦啦。
我已經都擤出來了。

好啦，不要太難過。
就算離職了，真正的朋友還是會繼續聯絡。
其實我剛剛發現，我好像有點喜歡那個離職的同事。
是喔，好啦，等等再說。

Room 6.

四季流轉

嘩啦
嘩啦
嘩啦

噠

我先走了喔。
好，路上小心。
你還有一個小時可以練習。

聽不出來嗎？
你孫子應該聽不出來這是《龍貓》。

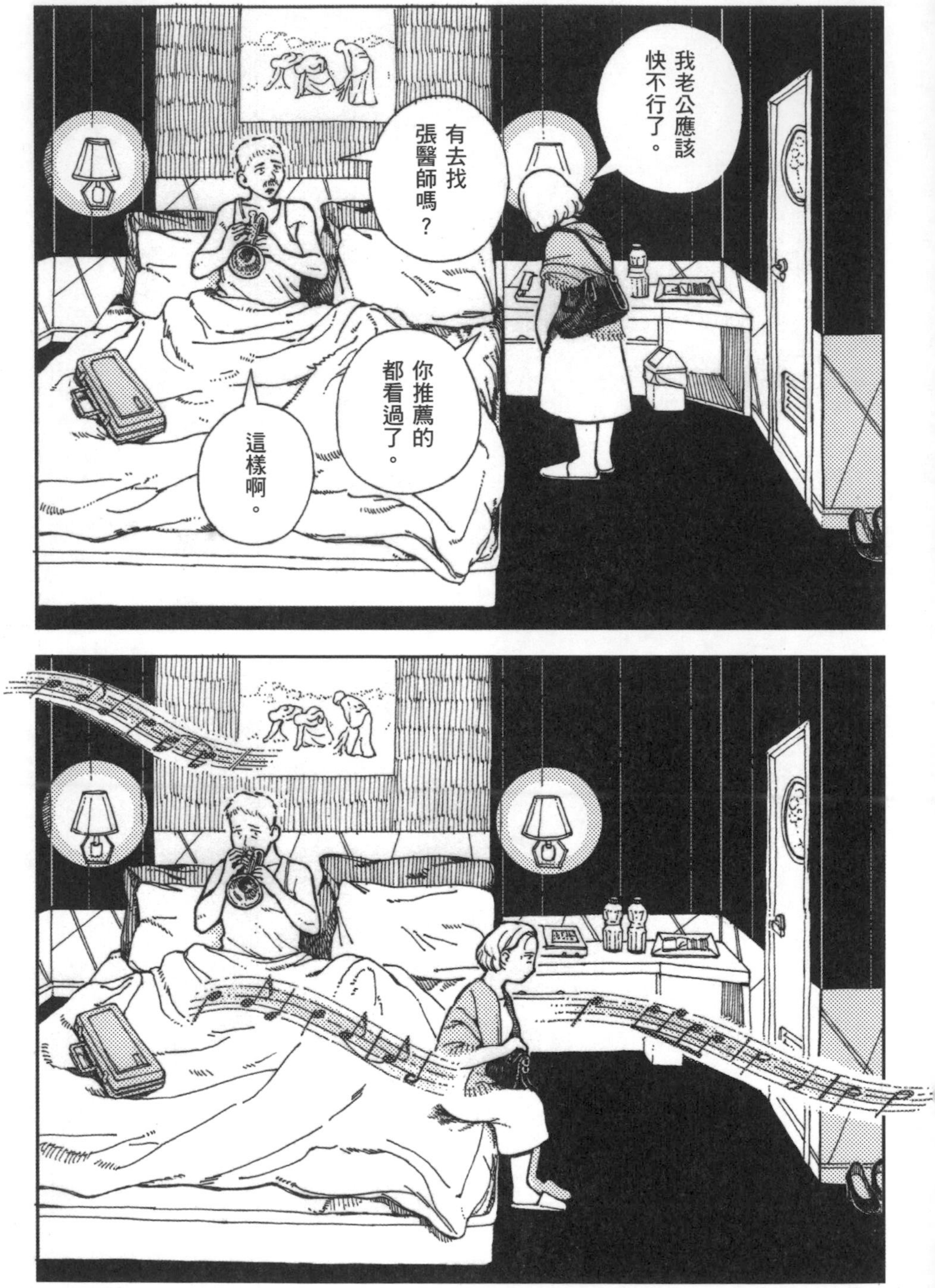
我老公應該快不行了。
有去找張醫師嗎？
你推薦的都看過了。
這樣啊。

我先走囉。
好。

啊，等一下。
你那個嗯嗯的袋子差不多乾了，要幫你裝上去嗎？
好。

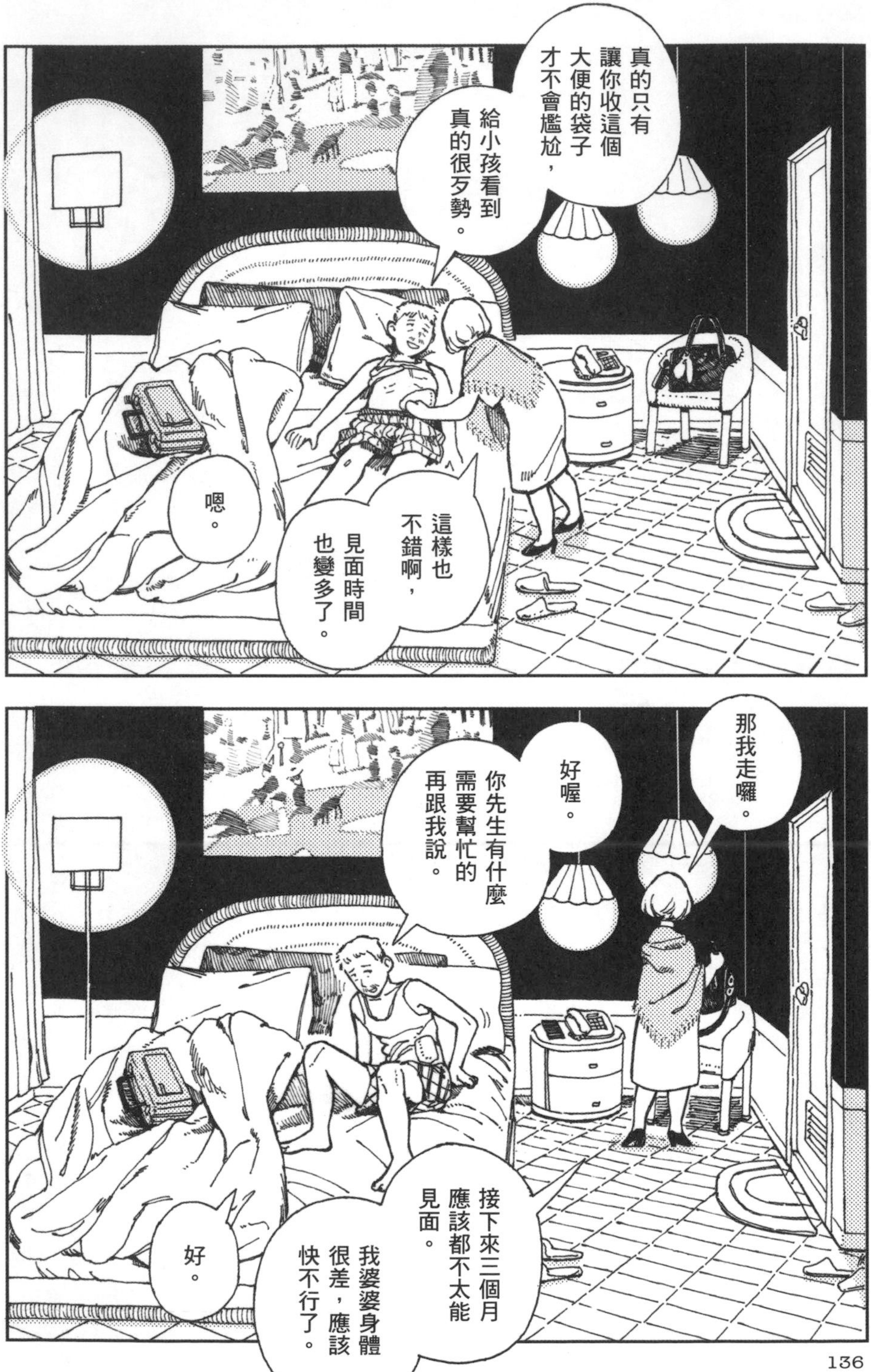
真的只有讓你收這個大便的袋子才不會尷尬，
給小孩看到真的很歹勢。
這樣也不錯啊，見面時間也變多了。
嗯。
那我走囉。
好喔。
你先生有什麼需要幫忙的再跟我說。
接下來三個月應該都不太能見面。
我婆婆身體很差，應該快不行了。
好。

……你吹的時候肚子用力，讓氣飽一點。
你孫子幾歲生日？
六歲了。
……
謝謝你為我們做的那些。
客氣什麼。

喀
喀

Room 7.

護唇膏

你先去洗澡。
等一下。
你有護唇膏嗎？

護唇膏？
沒有。
房間會有護唇膏嗎？
旅館？沒有吧。
東找
……。
西找

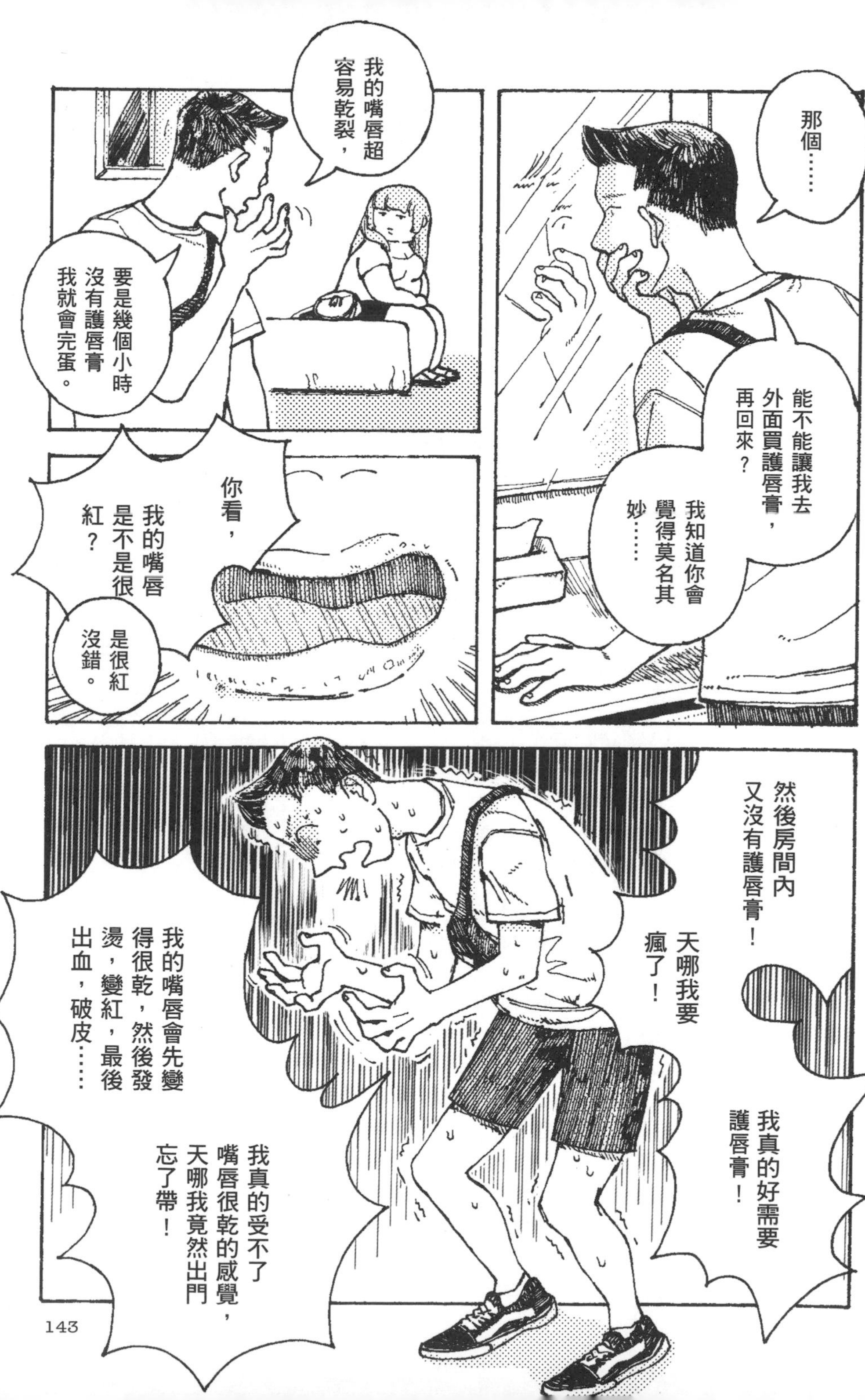
那個……
我的嘴唇超容易乾裂，
要是幾個小時沒有護唇膏我就會完蛋。
能不能讓我去外面買護唇膏，再回來？
我知道你會覺得莫名其妙……
你看，我的嘴唇是不是很紅？
是很紅沒錯。
然後房間內又沒有護唇膏！
天哪我要瘋了！
我真的好需要護唇膏！
我的嘴唇會先變得很乾，然後發燙，變紅，最後出血，破皮……
我真的受不了嘴唇很乾的感覺，天哪我竟然出門忘了帶！

你剛剛在外面怎麼沒買？
因為我無法確定我有帶還是沒帶，來的路上沒有藥局也沒有便利商店，跟你約的時間又到了，就懶得再找，
然後一進旅館，翻開包包，天哪真的沒帶！完蛋了，你也沒有，全世界都沒有。
啊我現在就需要去買一條。
!!
等一下！
怎麼了？
你該不會是嫌棄我要用這招悶人吧？
不是！怎麼會！
我就是不想要你誤會剛剛才解釋那麼多啊。
但愈解釋愈可疑啊。
我知道我很胖。
你沒有很胖啊。
那你敢說我很瘦嗎？
嗯——

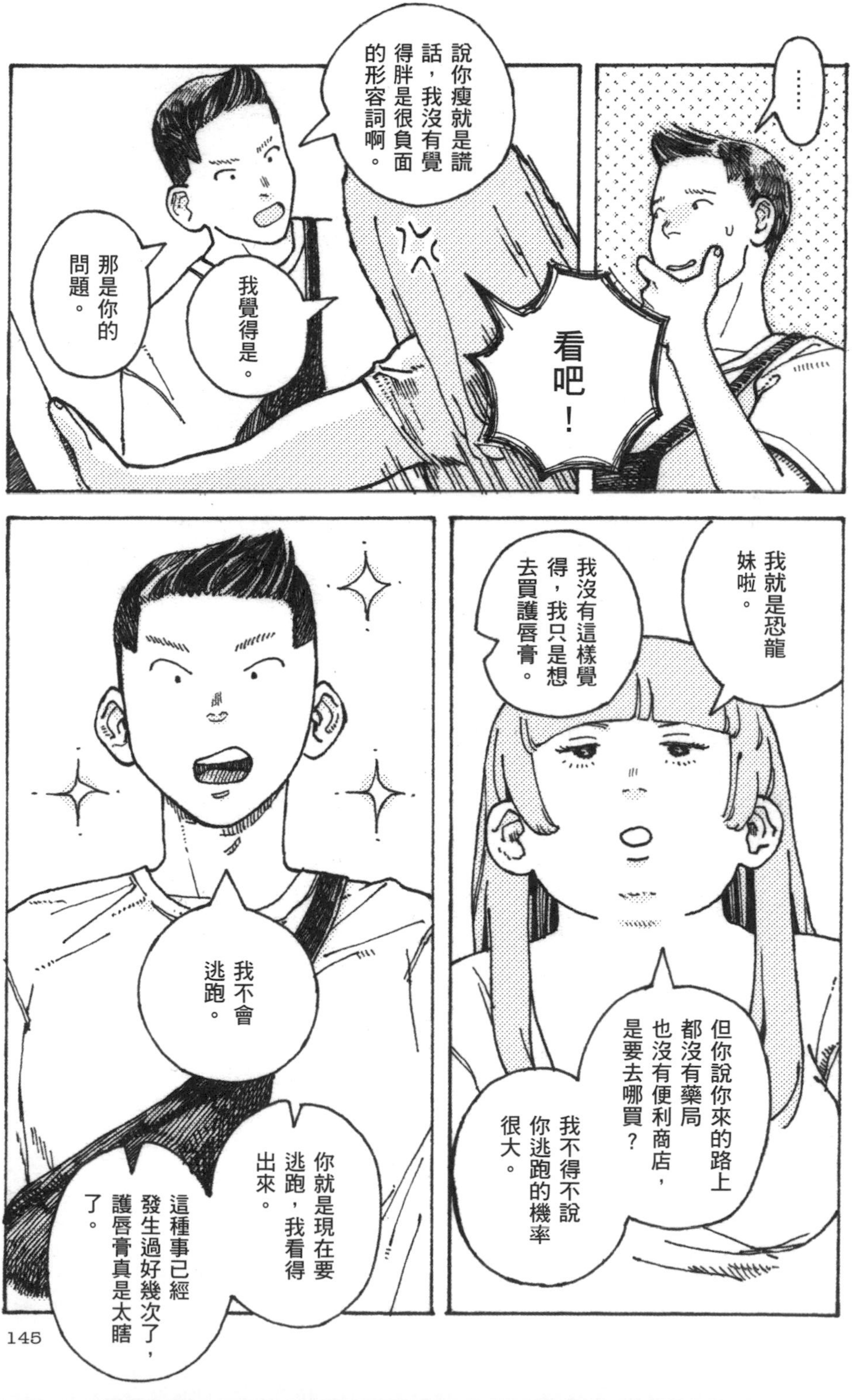
……
看吧！
說你瘦就是謊話，我沒有覺得胖是很負面的形容詞啊。
我覺得是。
那是你的問題。
我就是恐龍妹啦。
我沒有這樣覺得，我只是想去買護唇膏。
但你說你來的路上都沒有藥局也沒有便利商店，是要去哪買？
我不得不說你逃跑的機率很大。
我不會逃跑。
你就是現在要逃跑，我看得出來。
這種事已經發生過好幾次了，護唇膏真是太瞎了。

等等，我來的路上沒有不代表旁邊的路上沒有啊，
你查一下手機，過去幾條路，那邊有一家藥局。
你一定是因為我跟照片差很多吧。
是——差滿多沒錯，但我不是那種會因為這樣就挑剔別人的人。
我相信你不是那種人。
但你照片上那位是誰？
是我。
騙人啦。
你十五年前瘦五十公斤的照片是有點正，但也沒你想的那麼正好嗎，
我又不是貪圖你的外貌才約你的。
什麼？
那是我比現在瘦五十公斤的樣子。
喔喔。
而且也是十五年前的照片了。
喔喔喔。
等一下，
你們男人就是視覺動物啦！

那你貪圖我什麼？
我沒有貪圖你什麼，就是時間剛好對得上，你又回我了。
你也沒貪圖我什麼吧？
我又不是什麼帥哥，就是各取所需嘛。
你說的對。
不對，至少我本人跟照片比起來，是差不多帥的。
你只能說是清秀可愛，在我的標準裡面要有六塊腹肌才稱得上帥哥。
你說這種話好微妙。
怎麼樣？要當過總統才能罵總統是不是？
沒有腹肌也能用腹肌來當標準啊。
……
我要去買護唇膏了。

我們這樣就是……爛鍋配爛蓋的意思嗎？
我聽不懂，我們又沒有要配在一起。
是沒有。
……
我只是很想要一條護唇膏。
你就不能跟我做完再去買嗎？
不行。
我嘴巴那麼乾，我會很痛苦，整個硬不起來。

護唇膏是你的威而鋼？
你要這樣說也是可以，要硬一定要塗，但塗了不一定會硬。
塗在雞雞上面嗎？
嘴巴！
當然是塗在嘴巴上面啊！
為什麼我好像在這邊跟你講相聲啊？
我要去買護唇膏了。
等一下，我跟你去。
蛤？

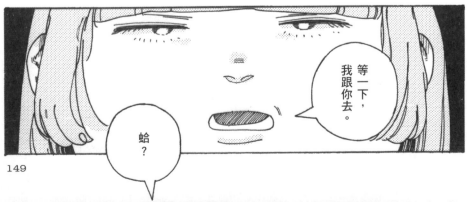

就算某種程度上我接受你的解釋，但你還是有逃跑的可能。
我不會。
HIKE
不然你把包包留下來。
我才不要把包包留給陌生人，我也怕你偷我東西好嗎？
護
既然不相信人類，
那為何要約炮呢？
我現在只相信護唇膏，
我快無法思考了。
好啊，
所以我跟你去嘛。

……。
……買一個半小時的休息——
我們剛剛浪費掉了二十分鐘，
你不覺得應該是，我去買，你去洗澡……
等我買回來，換我洗澡，
這樣時間利用上比較有效率嗎？
你說的對，我快要被你說服了。
我嘴唇好乾。
接吻有用嗎？
不行，
口水揮發性很強，會更乾！

哇走開啦！
不要靠近我！
你根本就不想上我吧？
這麼討厭的態度。
真的嗎？
那徐若瑄？
舒淇？
噠
噠
現在就算是林志玲出現我也不想上她！
你敢說你一個都不想上嗎？

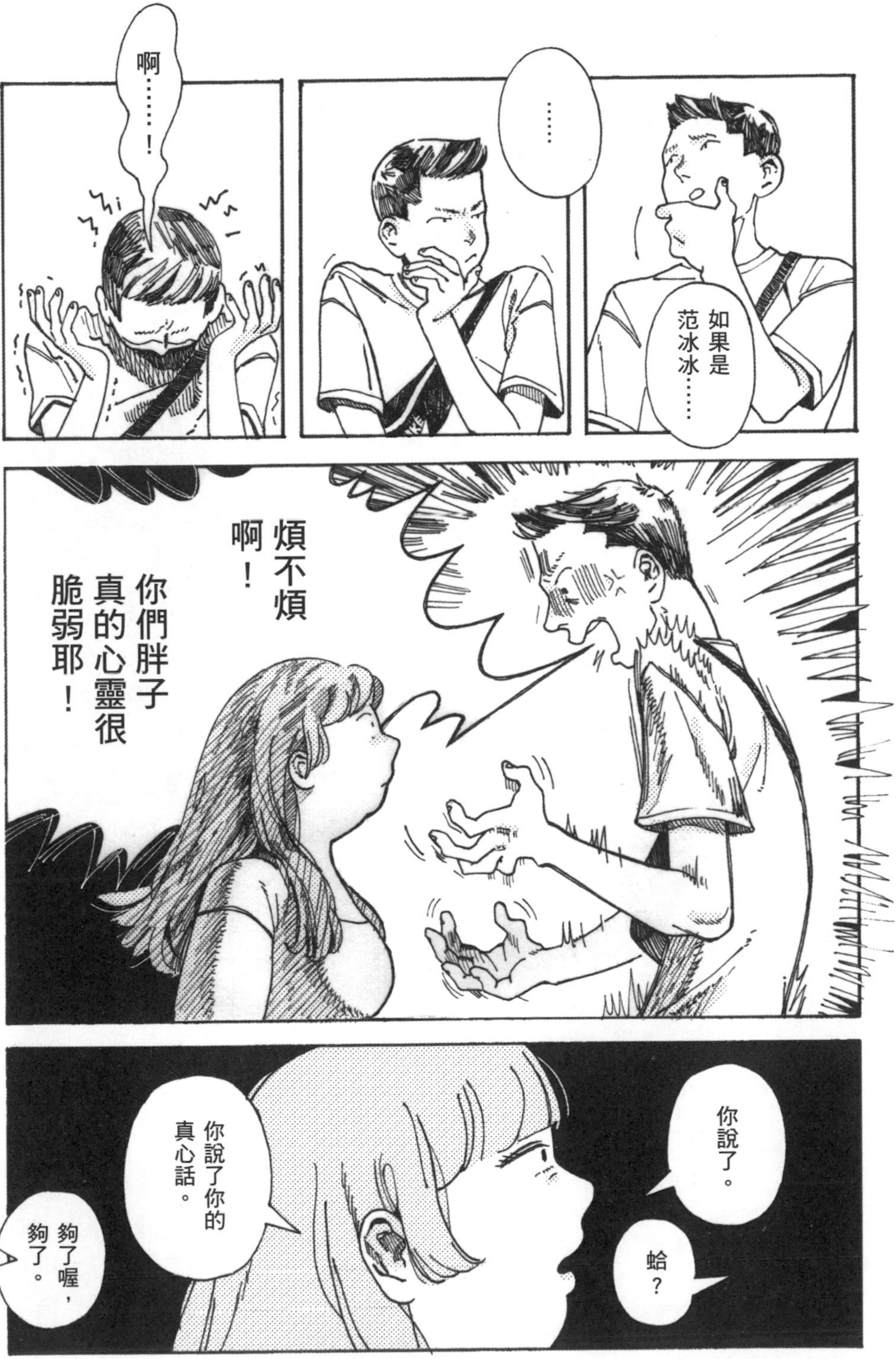
如果是范冰冰……
……
啊……！
煩不煩啊！
你們胖子真的心靈很脆弱耶！
你說了。
蛤？
你說了你的真心話。
夠了喔，夠了。

我太常被拒絕，有人回去傳訊息罵我恐龍妹不要出來嚇人。
我覺得這個社會真的太不友善了，漂亮的人真的好吃香，我常常希望一覺醒來所有人都瞎了，或長得一模一樣，這樣這個社會就不會有這種美醜的階級問題。
但這樣一來一定又會誕生新的階級——
我大學是讀社會學的……對，然後就會被人家說，果然念社會系的都會嫁不出去，
明明我念什麼系都嫁不出去，不是社會學的問題好嗎？

……
我這樣說你應該安慰我反駁我一下吧，不然這樣豈不是顯得我真的嫁不出去。
呃，
不會啦，
可以的。
謝謝。
等一下，我是幫你捧哏的嗎？
就算全部變瞎子好了，也會有聲音好聽跟不好聽，皮膚好摸不好摸……
對吧？根本都一樣。
在那之前會先有胖瘦。
我是認為聲音影響比較大。
這是好問題，
如果我有護唇膏我就可以一起思考了。
現在，借過。

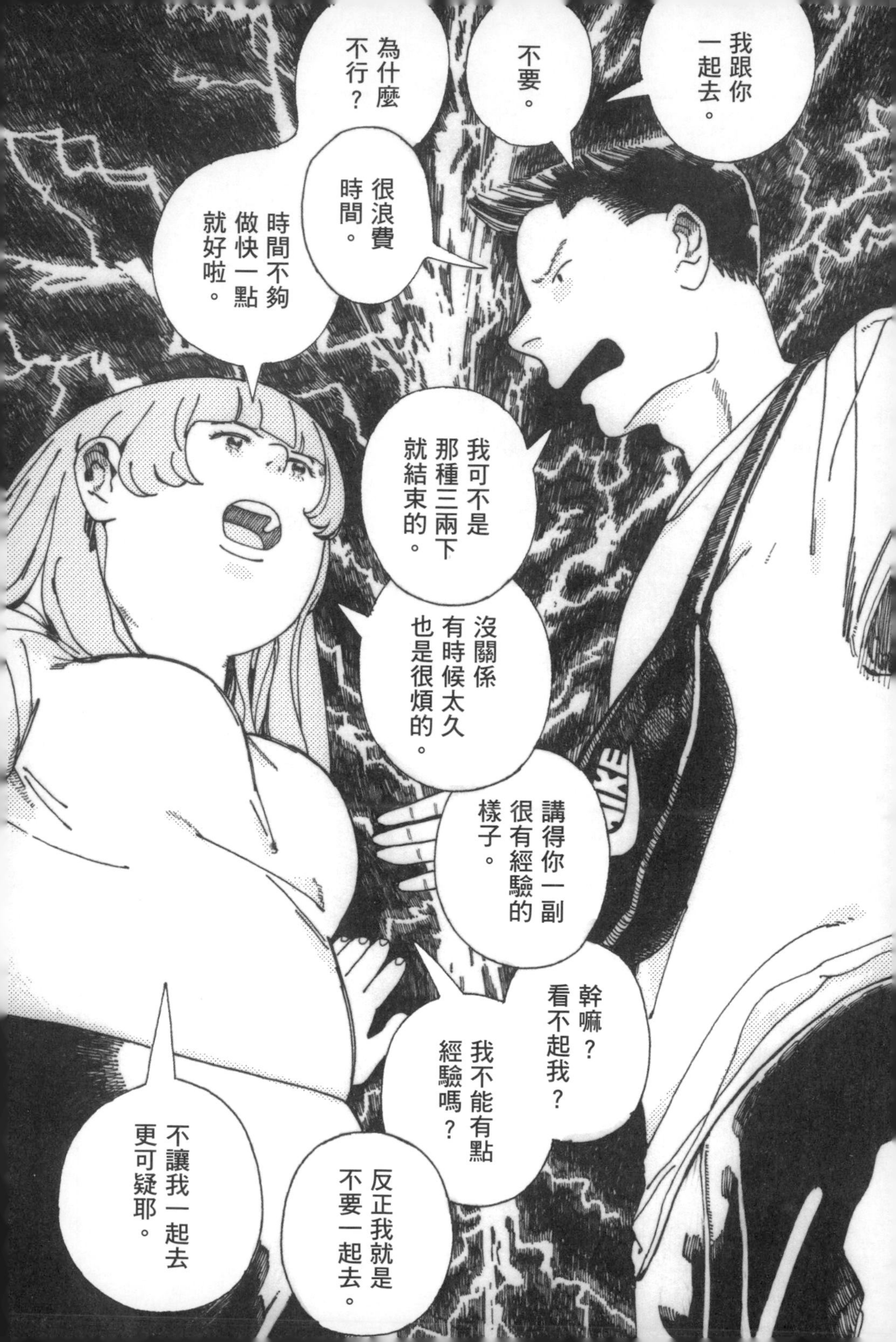
我跟你一起去。
不要。
為什麼不行？
很浪費時間。
時間不夠做快一點就好啦。
我可不是那種三兩下就結束的。
沒關係有時候太久也是很煩的。
講得你一副很有經驗的樣子。
幹嘛？看不起我？
我不能有點經驗嗎？
反正我就是不要一起去。
不讓我一起去更可疑耶。

你好煩喔。
本來想約的心情被搞得不想約了，
我要回去了。
你看吧，果然。
果然什麼？果然什麼？
還不都是你自己的問題？

其實你在看到我的第一眼就反悔了吧。
沒有這種事，當慾望來的時候只要有洞就好。
你不要拿這種官話來敷衍我，明明你就不是這樣。
我？你又知道我什麼了？
你在約我的時候講了這麼多齷齪可愛的話，好像一看到我就會立刻撲上來……
但為什麼看到我以後不是這樣？
你奶好大 有乳交過嗎？
沒誒 現在更大了喔
這麼喜歡奶喔？
那處女奶我就收下了喔 多大現在？
當然有更喜歡的地方 一個可以進去你心裡的地方 你知道是哪裡嗎？
你好懂我
難道不是因為我照騙嗎？

因為我那時候有塗護唇膏！
我很放鬆，很飽暖思淫慾，了解嗎？
等一下，明明照騙的人是你，怎麼講得一副理直氣壯的樣子？
我沒有理直氣壯，
我只是在陳述一個事實。

我要走了，嘴唇要乾裂了我。
砰
等一下！
嚯 嚯

我要走了啦！
不行！
哇！
喂！
推
放開我！
哇啊！
磅！

我、我沒有推你！
你自己滑倒的喔！
嗚……
好痛……！
……
ㄟ？
床底下……？
是護唇膏。
你要用嗎？

Room 8.

亞當山德勒

你先去吃
威而鋼。
怎麼了？
為什麼要吃？
你問他
啊。
呵呵。

傻笑什麼啊。
他不行啦。
不行？
啊，
威而鋼吃完了。
剩下這罐……
咕嚕 咕嚕
藥酒……？
藥酒超沒用的。

喀
哈……

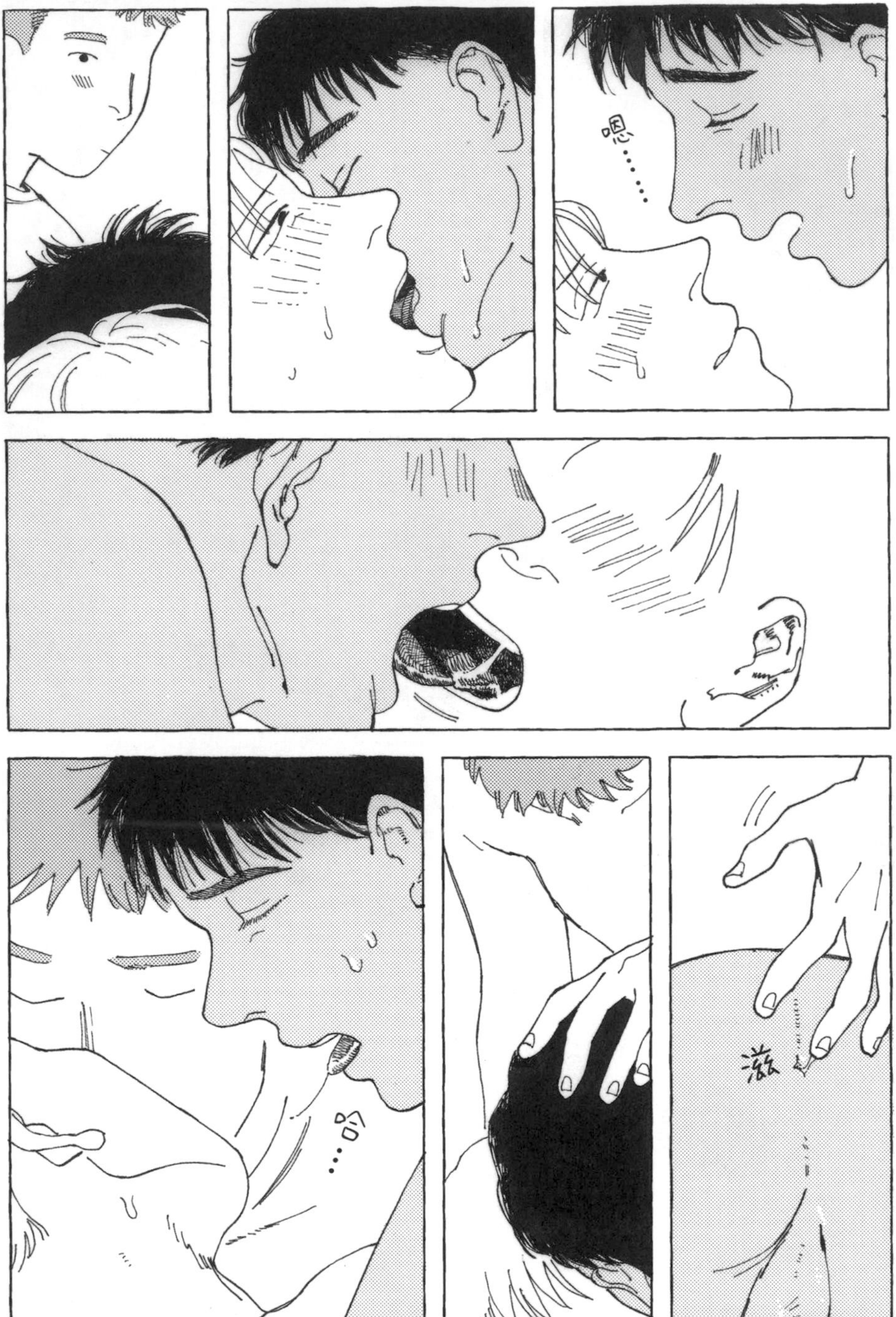
嗯……
…哈
滋

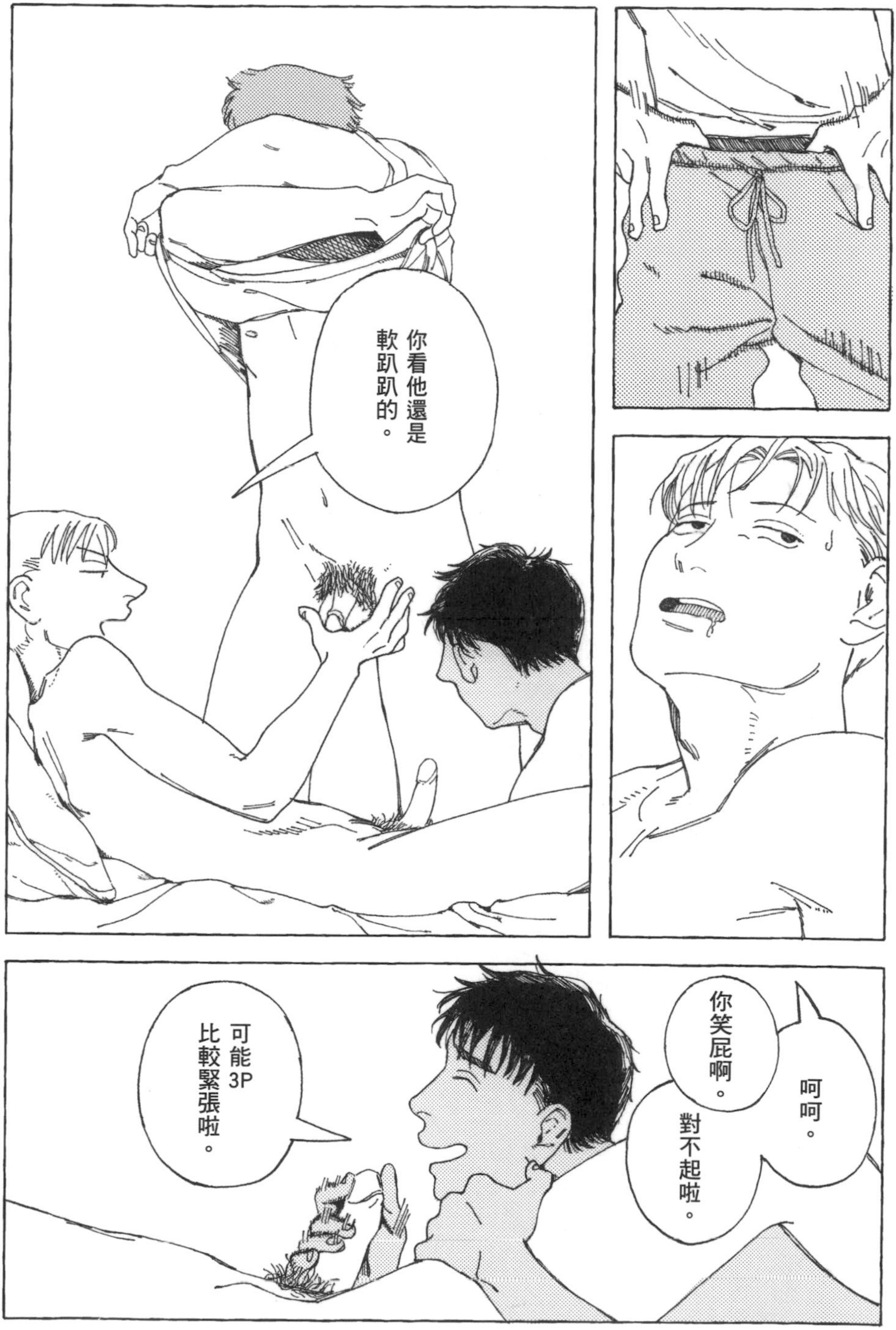
你看他還是軟趴趴的。
你笑屁啊。
呵呵。對不起啦。
可能3P比較緊張啦。

歹勢啊。
本來講好我們兩個一起輪流幹你……
現在只有我，今天吃清淡啦。
沒關係啦。
啾嚕
滋噗
噗
呼
嗯
呼……

轉

滋噗
噗啾
滋
噗
滋

啊
哈
哈嗯

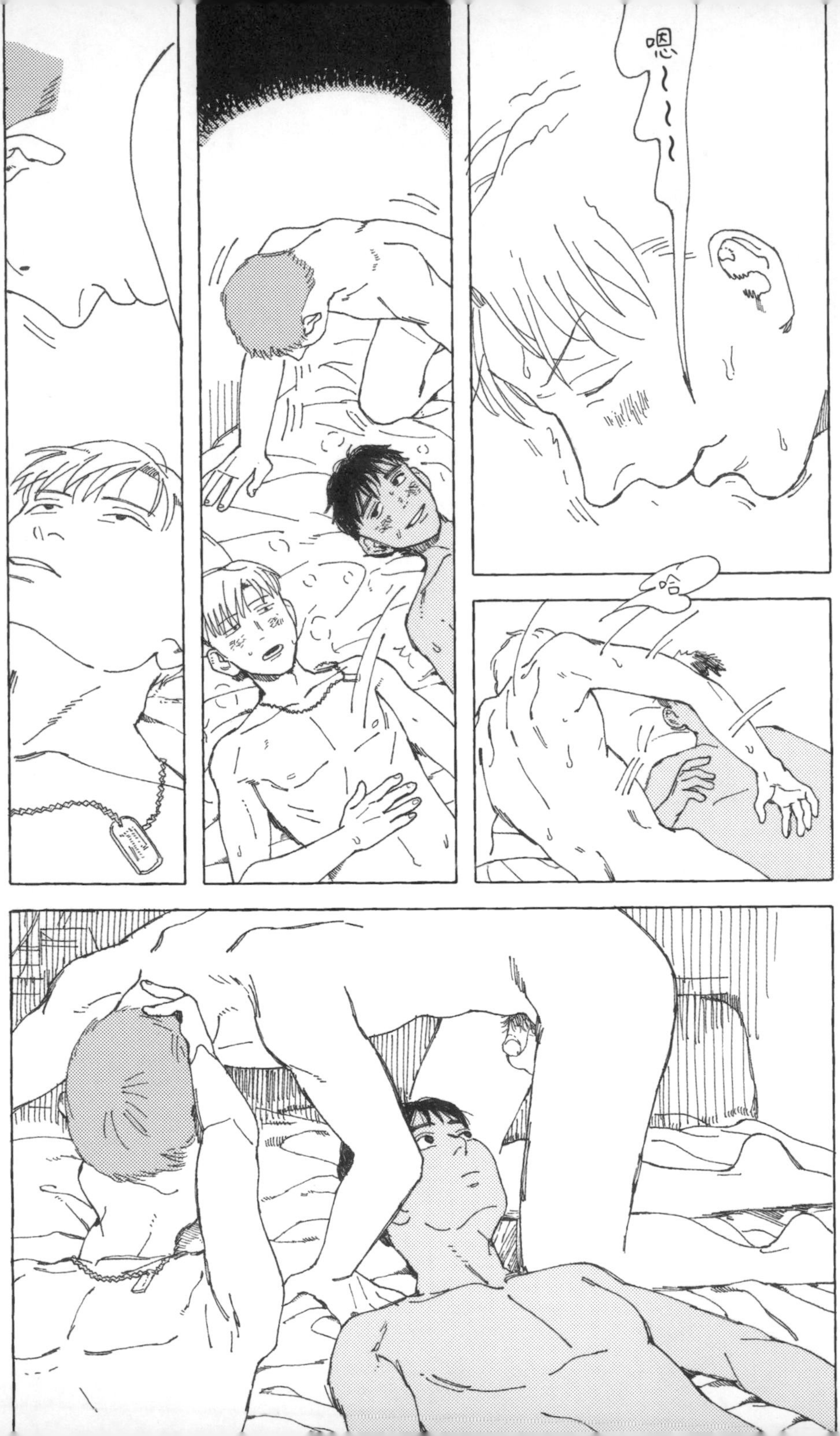
嗯～～～
哈

軟
沒用啦。
真的嗎？
不然我們來比賽看誰可以把它吹起來。
呵呵。
這不好吧。
也是啦。
你找拓也哥來吸也硬不起來，靈犬來吸也硬不起來。

ㄟ！我不是跟你講過，不要把喝完的杯子放著嗎？
啊，我忘記了！
講幾次了啊！
喝水就算了你喝茶不洗整個杯子都是茶漬，馬的跟尿垢一樣。
對不起。
煩耶！
砰

你怎麼會硬不起來？
我單獨跟你或跟他約都沒問題啊。
我也不知道。
你跟他做都硬不起來喔。
對啊。
還是身體太習慣了？
可能吧。
你們要分手嗎？
不會啊，我們很相愛。
……

嚓
噠噠噠
嚇
噗啾
噗啾
噗滋
恩
噗啾
噗啾
噗啾

呼。
？
！
真的不行，換你。
不要這樣啦。
氣氛很差耶。
哎，不要逼他啦。
幹嘛幫他啊，打情罵俏喔。
沒有啦。
好好好，
吹吹吹。

噗啾 噗啾
噗啾 噗啾
嗯
咕啾
呼
噗啾 噗啾
噗啾 噗啾
軟
好了，好了。
收工了。
啊，靠腰！
我要打國戰。

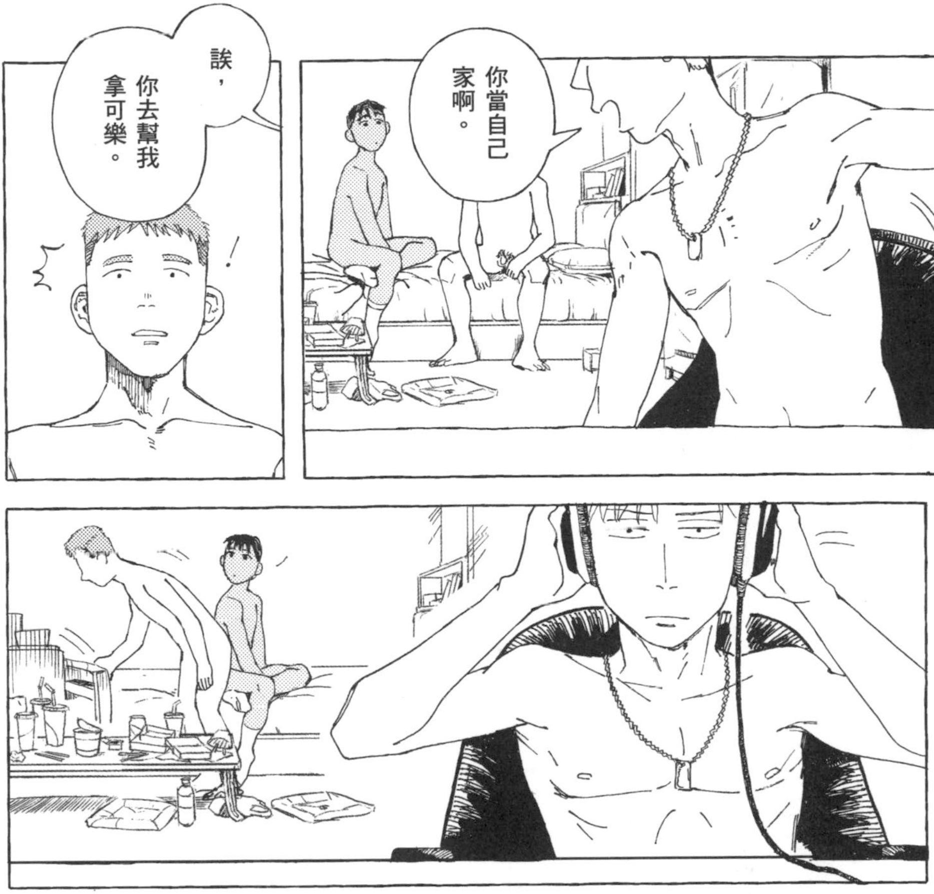
你當自己家啊。
誒，你去幫我拿可樂。
不是這一罐！
有昨天喝一半的啊。
喔。
為什麼一點小事都做不好！

喔我的天啊！
你桌布可以不要放亞當山德勒嗎！
很丟臉耶！
好啦，我只是覺得他滿可愛的。
他不可愛，他很無聊，
你眼光這麼差，你喜歡我我也高興不起來。
我要把亞當山德勒換掉。
你換啊沒關係。
答
答
答
答

喀喀喀
喀喀喀
他也很愛我。
你確定？
你應該很愛他，才能忍受他這樣對你。

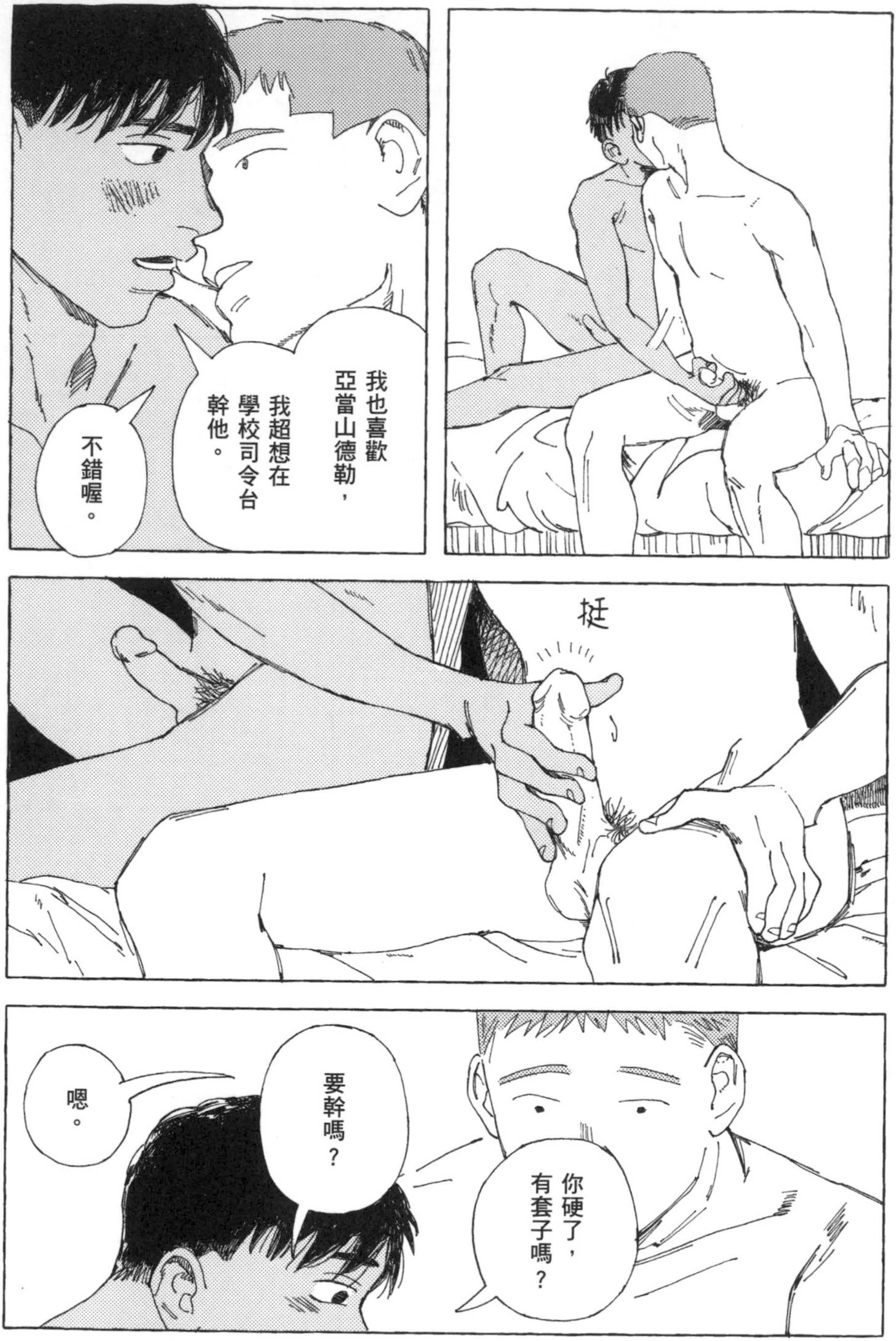
我也喜歡亞當山德勒，我超想在學校司令台幹他。
不錯喔。
挺
你硬了，有套子嗎？
要幹嗎？
嗯。

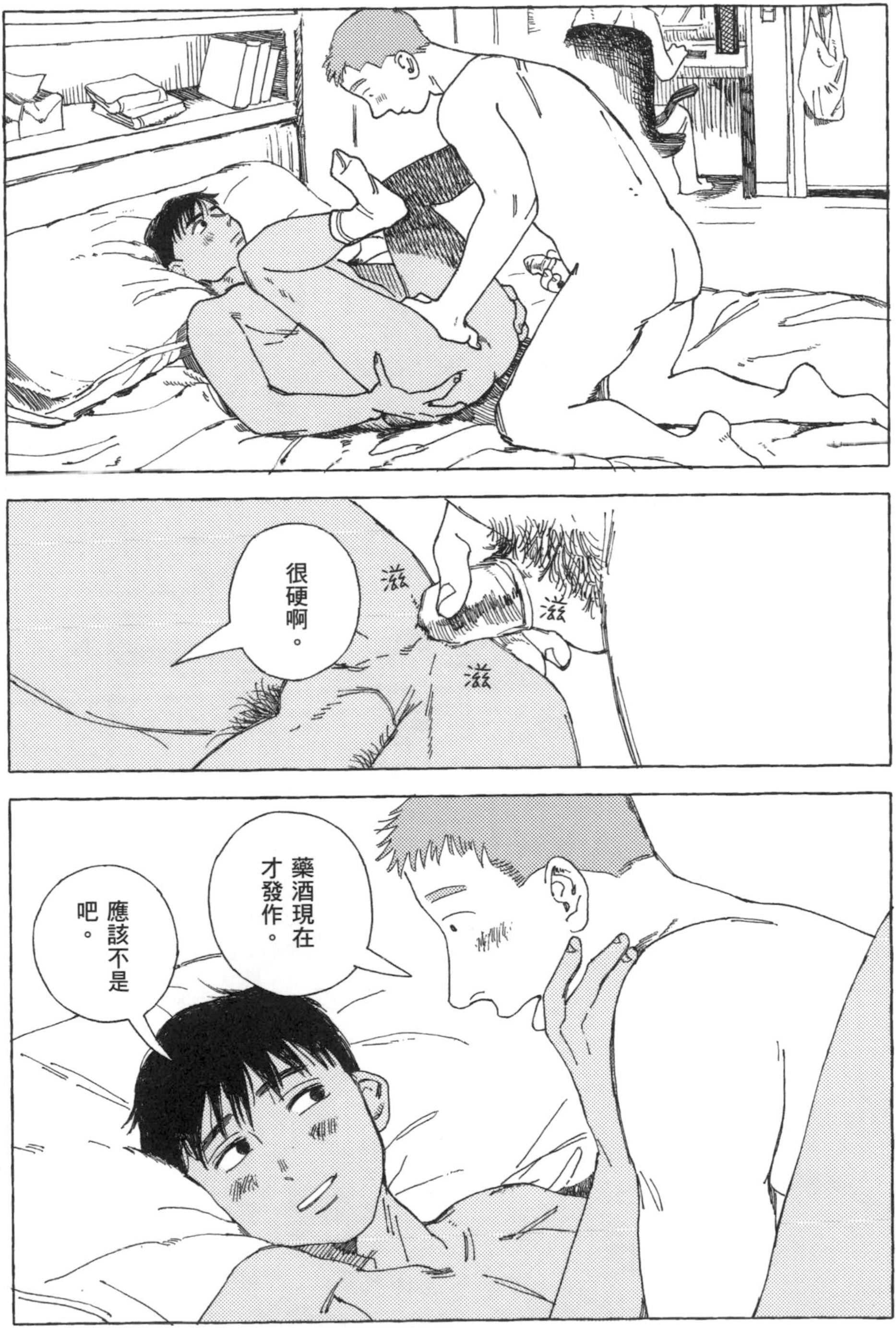
很硬啊。
滋
滋
滋
藥酒現在才發作。
應該不是吧。

答答答
噗啾
答
嗯
答
哈嗯
啊
哈
答
喀
嗯
碰轟噠
嗯……
噠噠
喀喀
答
答
碰轟噠
噠
噠
喀

Room 9.

射影

很棒。
好，
再來……
你剛剛往左邊靠那樣很性感。
試試看，再一次。

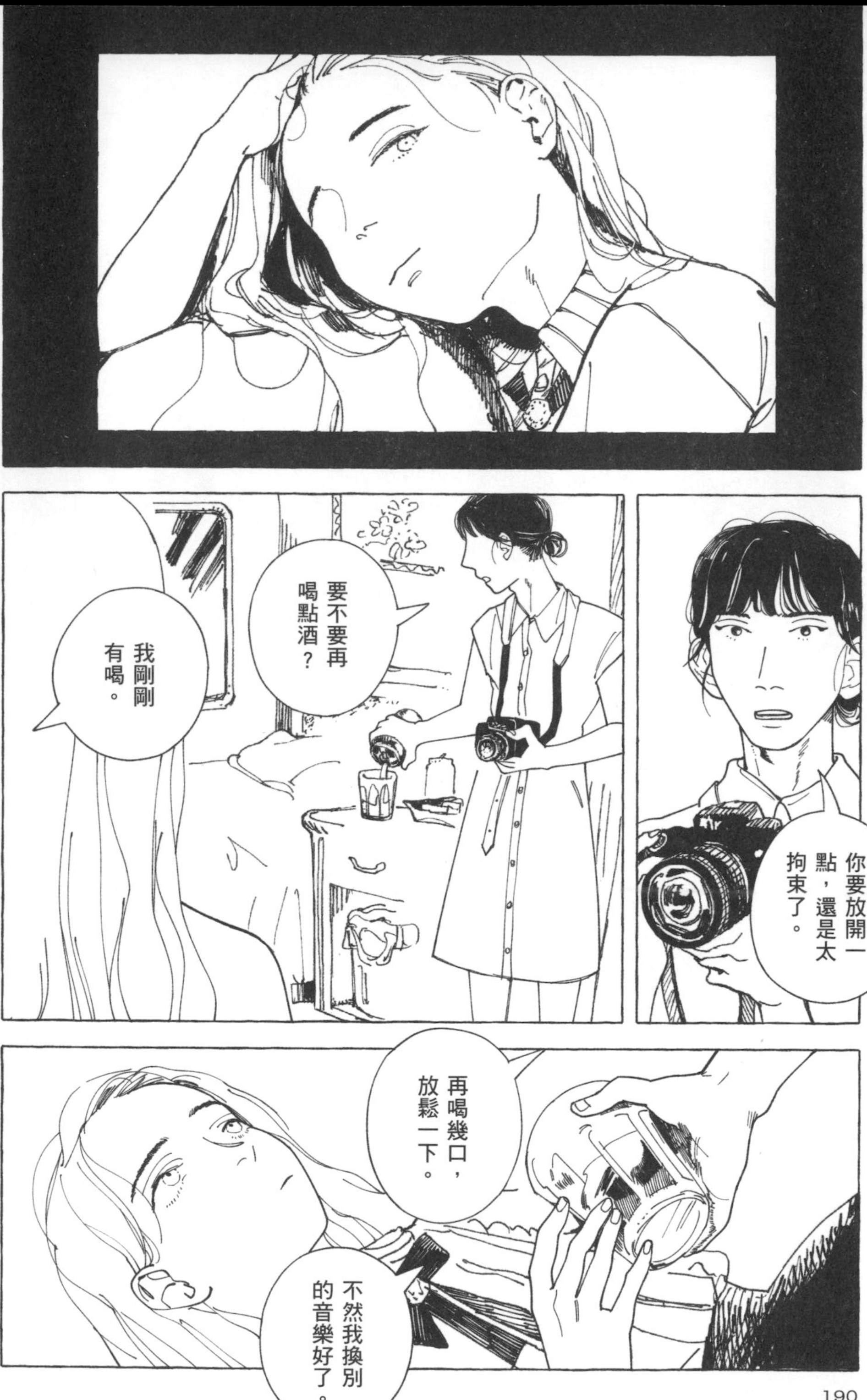
要不要再喝點酒？
我剛剛有喝。
你要放開一點，還是太拘束了。
再喝幾口，放鬆一下。
不然我換別的音樂好了。

謝謝你喔，沒錢還願意幫我拍。
不會啦，本來就想幫你拍了。
拍了幾套了？
嗯……
八套，你要看嗎？
好！

但你帶來的衣服有的款式滿像的，拍起來的效果其實差不多。
唉，真的。
但你拍得好好，把我拍得好美。
你聲音好像女生喔。真好。
我做了很多聲音訓練。
我有哪裡要改進嗎？總覺得沒有很女生。
還好啊，你發音位置沒有太下面，共鳴也很對。
那可能就是天生音質吧。
是啦，我從小聲音就比較細，也比較沒有毛。
唉，好好喔，好羨慕你們這種天生麗質的浪漫耶。
你可以啦，多練習就好了。

對了，我也有帶幾套自己的衣服，比較性感的。
你要不要試試看？
怎麼樣的？
有幾套開高衩，還有比較緊身的褲子，
我下面還沒動，雖然已經在用荷爾蒙了，但要是穿比較貼的褲子，做某些動作還是看得出一點輪廓，
超煩的。

哇～
都好漂亮喔～
滿適合你的。
你的品味比我好多了，
我買的穿起來都有點俗俗的。
你不要一直狂買粉色系或蕾絲一堆的，你的臉形比較適合俐落合身的衣服。
啊，我知道了，
你很像艾瑪．華森。

真的假的！她很美捏——
唉，就是怕頭髮剪短會很man。
其實還好，你的臉沒有那種有稜有角的感覺。
真的嗎？那我下次跟髮型師討論看看。
對了，你下次能帶我去買衣服嗎？
好啊。
你是那種品味很好的大姊姊。
我好希望有這樣的姊姊。

很棒，
很性感，
再多來一點，
很好……
你看一下，是不是超美的。
真的耶，這件好適合我。
對，
對吧——

你要更放膽的勾引鏡頭。

很好……。

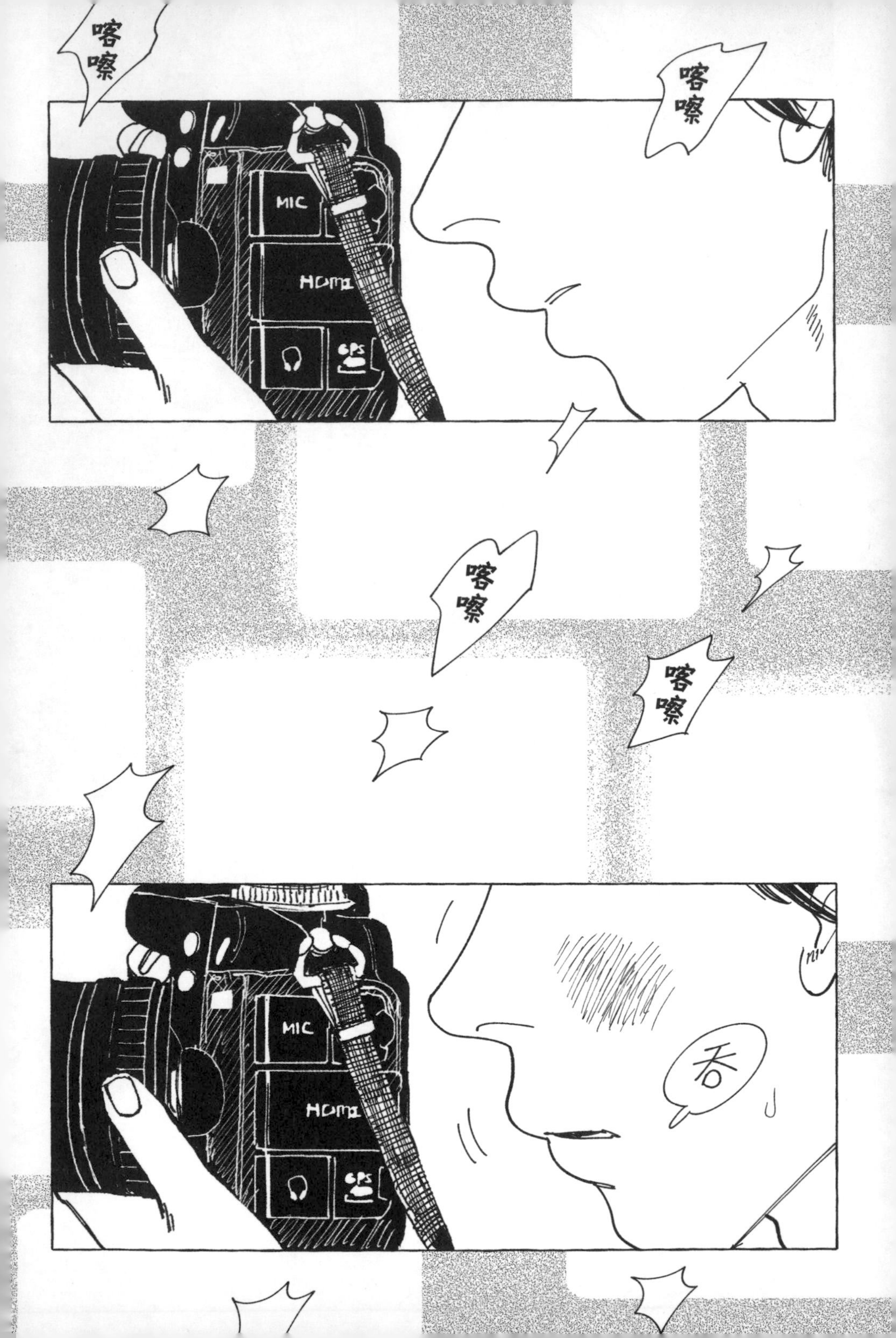
喀嚓
喀嚓
MIC
HDMI
喀嚓
喀嚓
MIC
HDMI
吞

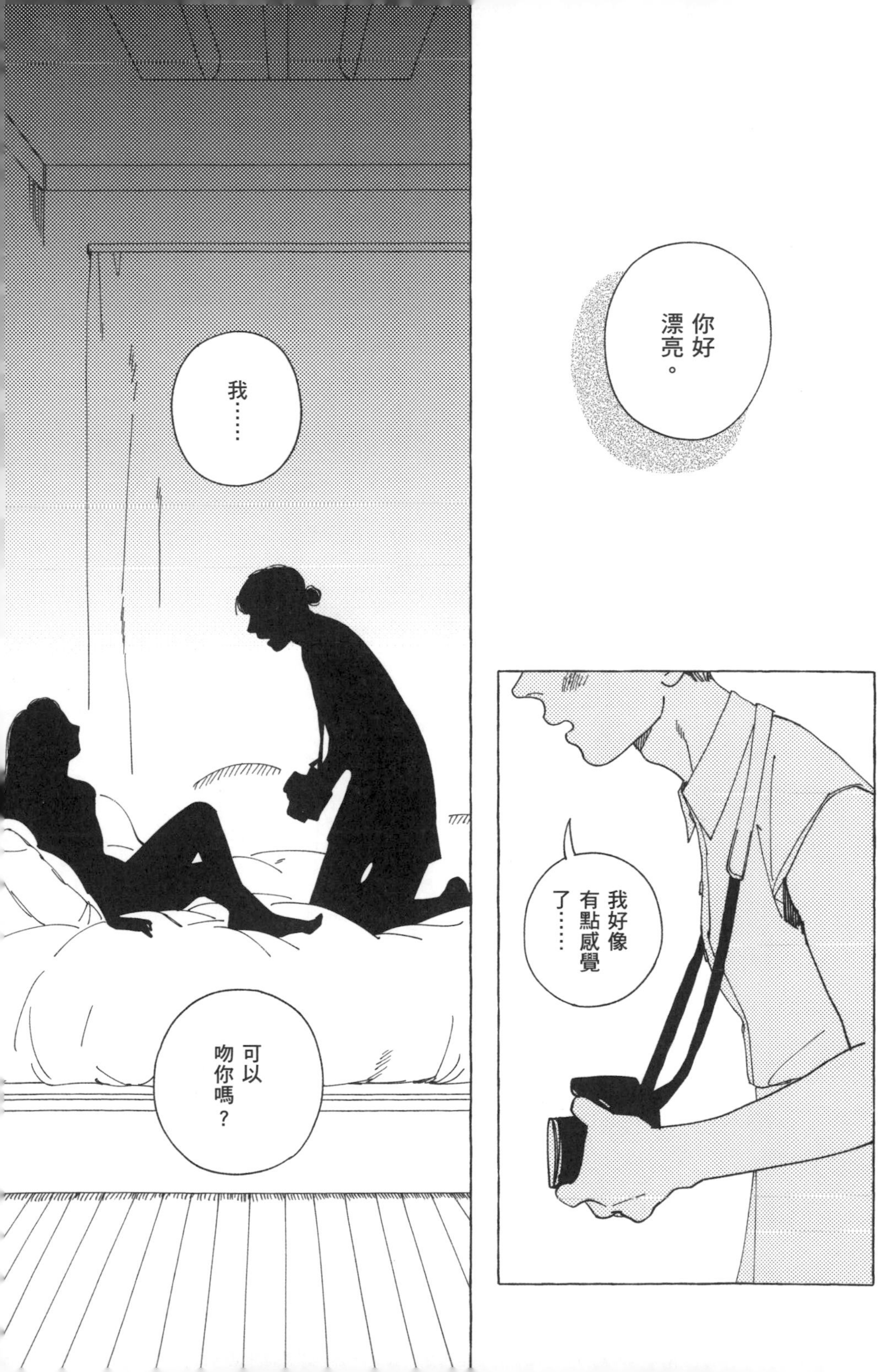
你好漂亮。
我好像有點感覺了……
我……
可以吻你嗎？

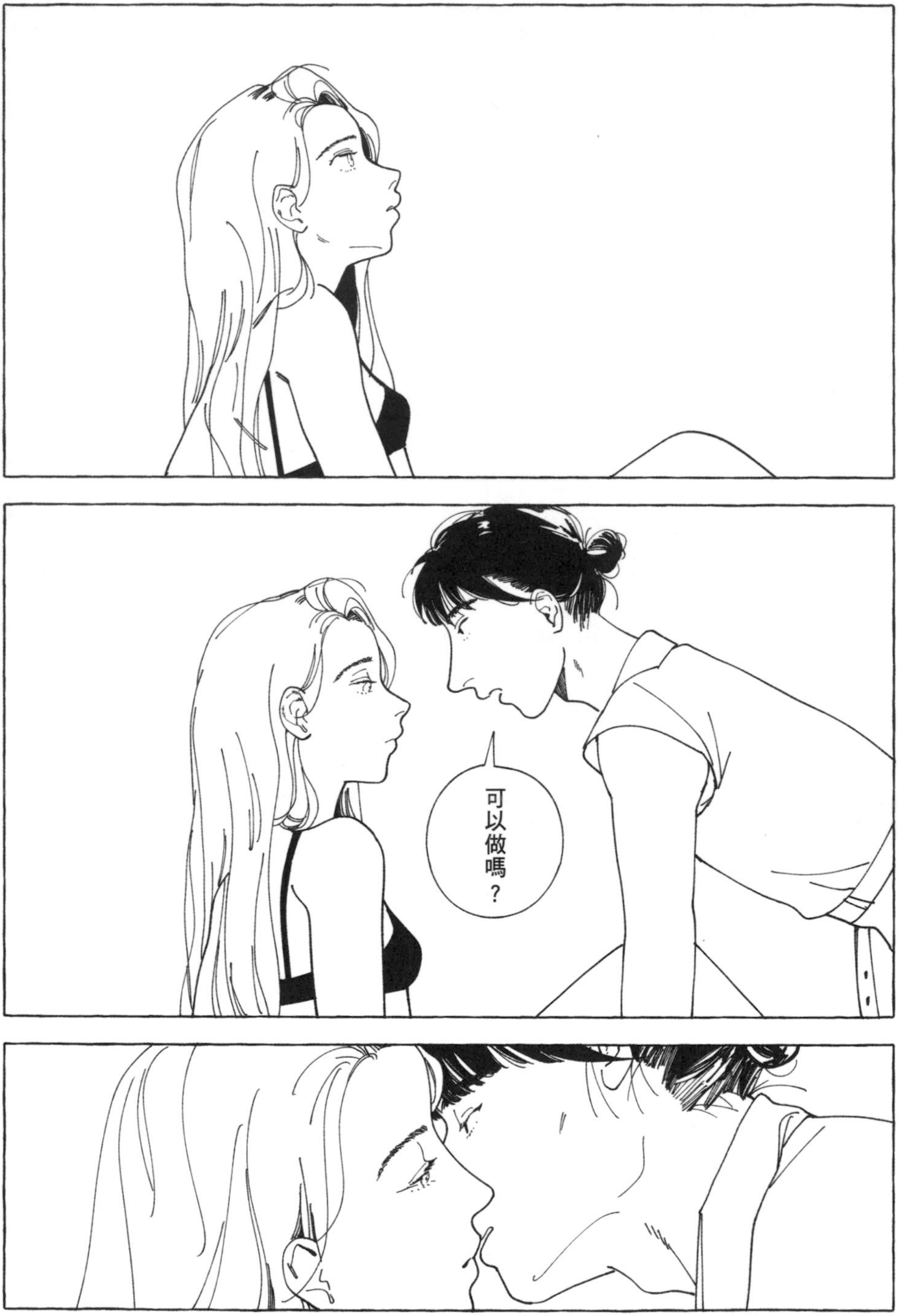
可以做嗎？

你真的……覺得我很漂亮？
很漂亮，聲音也很好聽。
胸部呢？
也很美。
這裡有感覺嗎？
有。

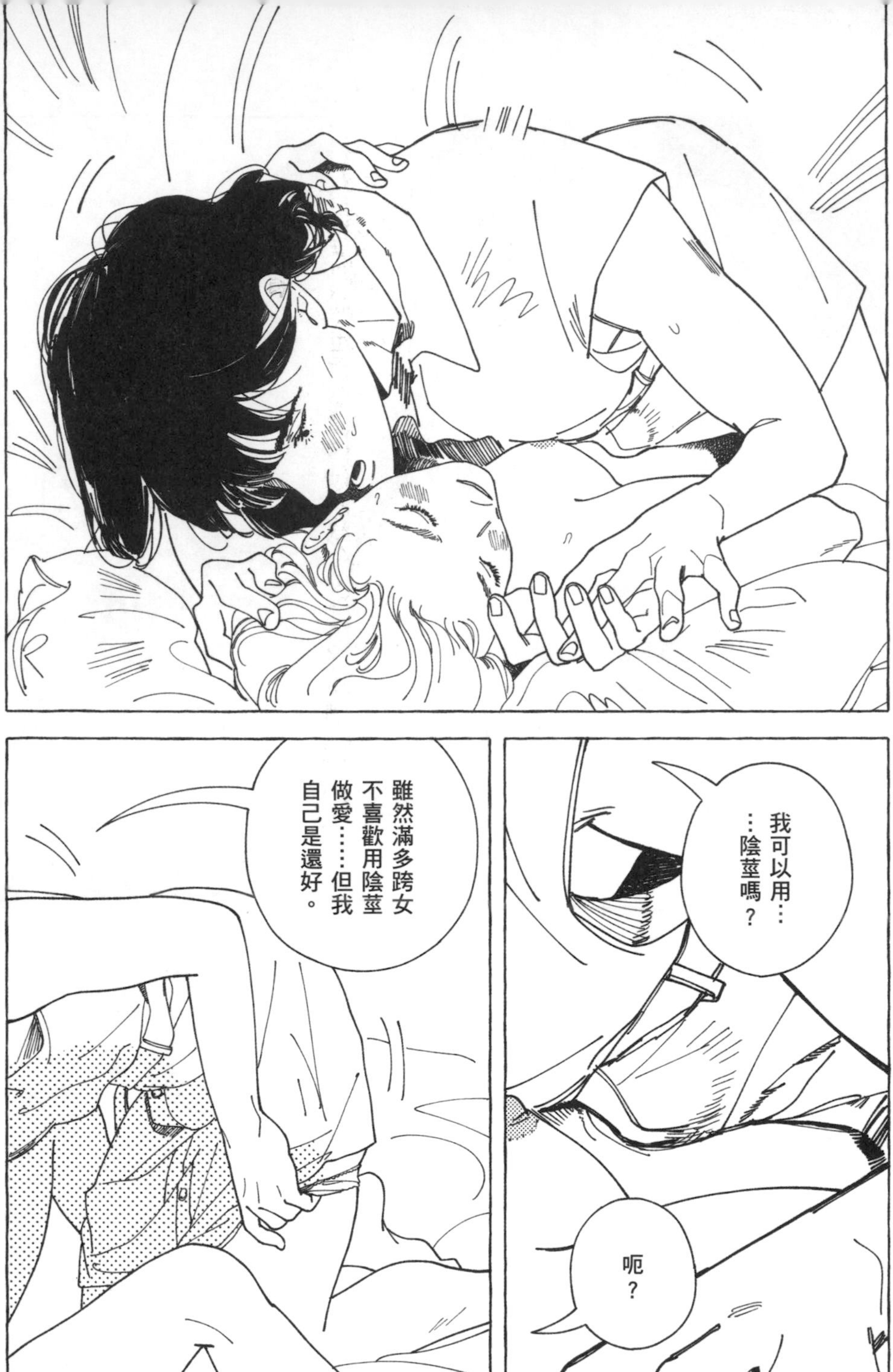
我可以用……陰莖嗎？
呃？
雖然滿多跨女不喜歡用陰莖做愛……但我自己是還好。

可以嗎？
嗯……

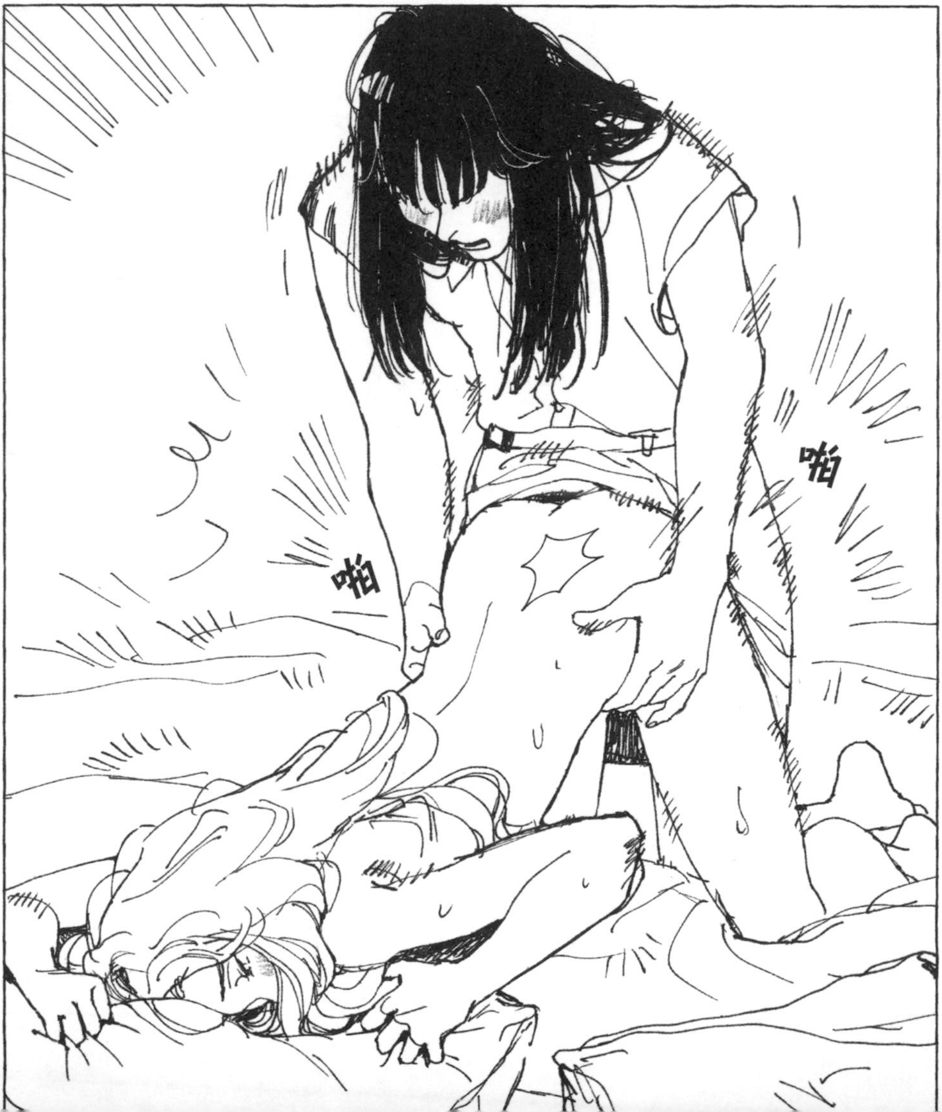
啪
啪

啊。
怎麼了？
好舒服……
唔……
嗯……
哈啊……
啊、

呼
呼
呼
啊……!

*荷爾蒙代替療法(Hormone Replacement Therapy)的縮寫。

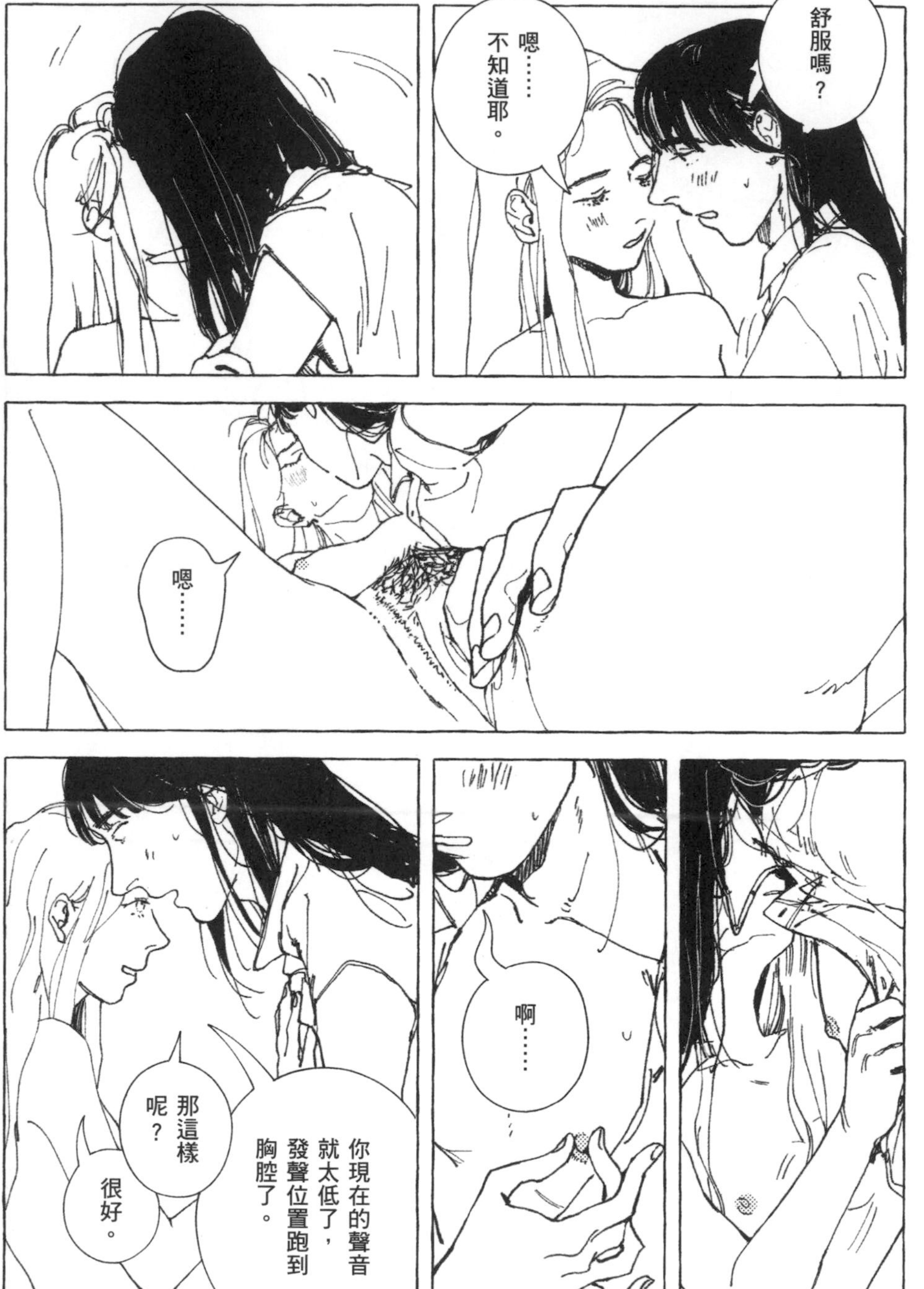
舒服嗎？
嗯……不知道耶。
嗯……
啊……
你現在的聲音就太低了，發聲位置跑到胸腔了。
那這樣呢？
很好。

我也想變成像你這麼漂亮的女生，光拍照就讓人受不了。
啊，好像是，這邊……很舒服。
這裡？
嗯。
嗯……

啊、
好了，有點痛。
對不起，旅館的潤滑劑不夠。
沒關係，剛剛那樣還滿舒服的。

我喜歡你很久了。

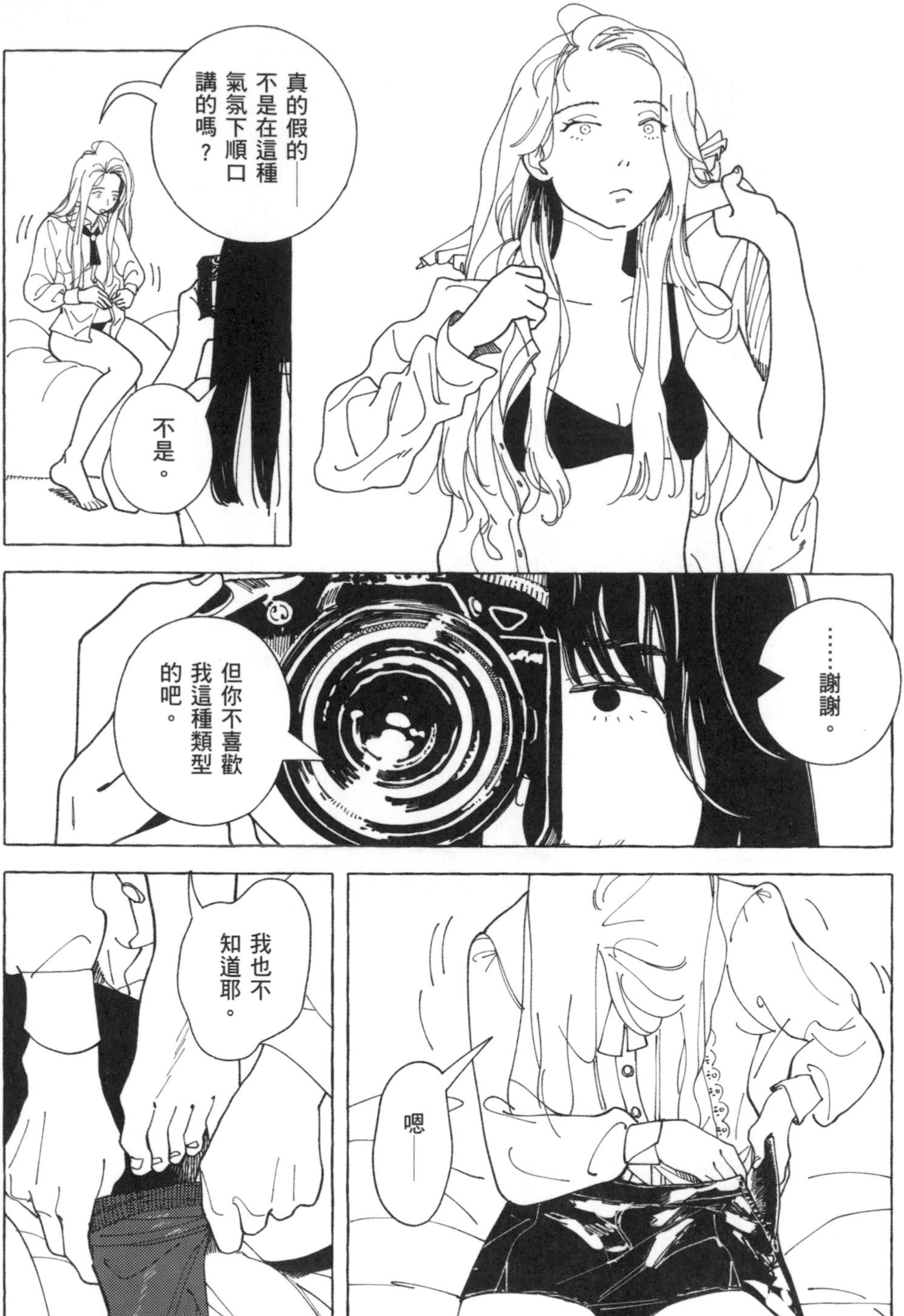
真的假的——不是在這種氣氛下順口講的嗎？
不是。
……謝謝。
但你不喜歡我這種類型的吧。
我也不知道耶。
嗯——

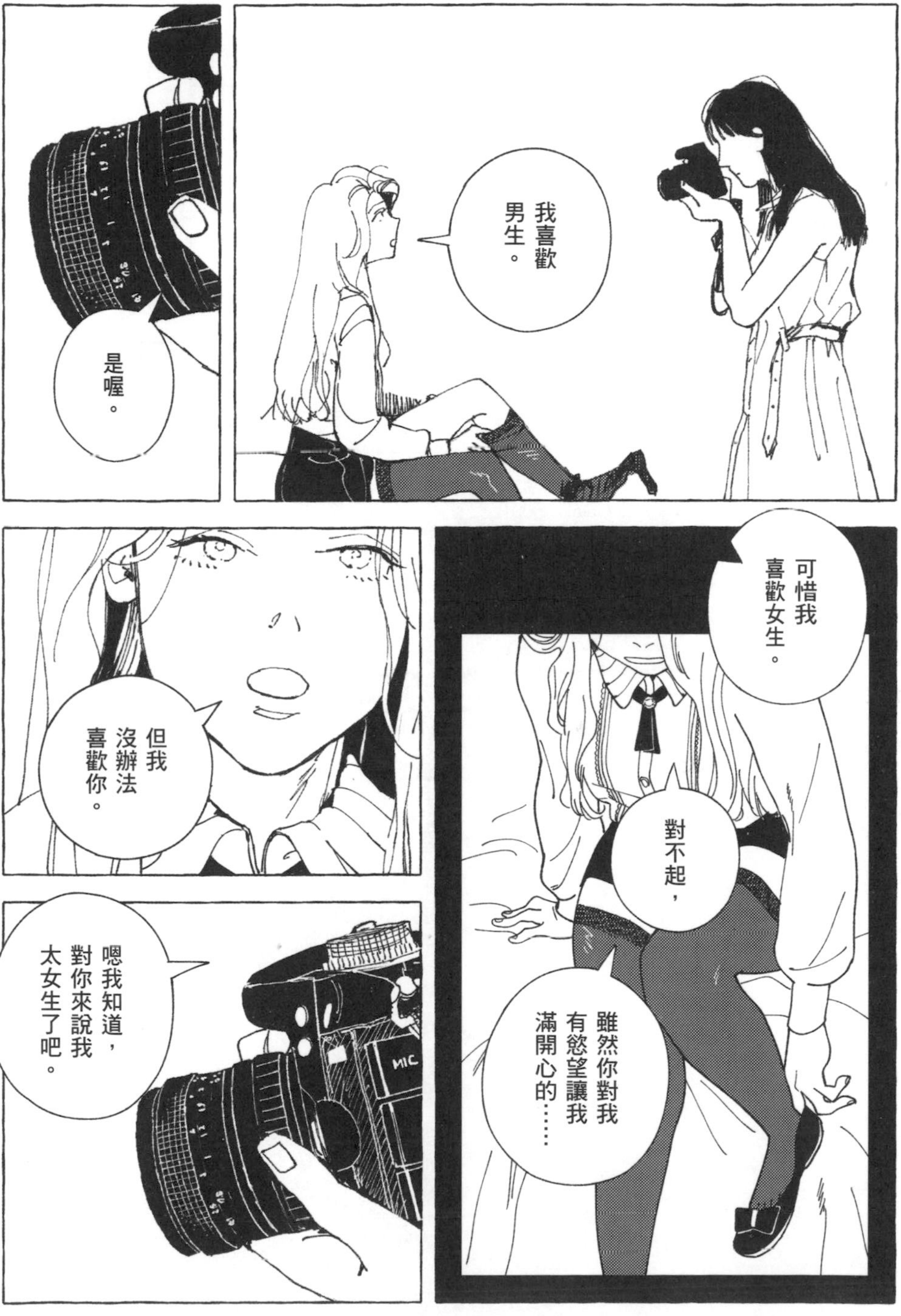
我喜歡男生。
是喔。
可惜我喜歡女生。
對不起，
雖然你對我有慾望讓我滿開心的……
但我沒辦法喜歡你。
嗯我知道，對你來說我太女生了吧。

ㄟ，
我問你喔。
……
你真的覺得，我漂亮嗎？

Room 0.

睜眼之前，跳舞

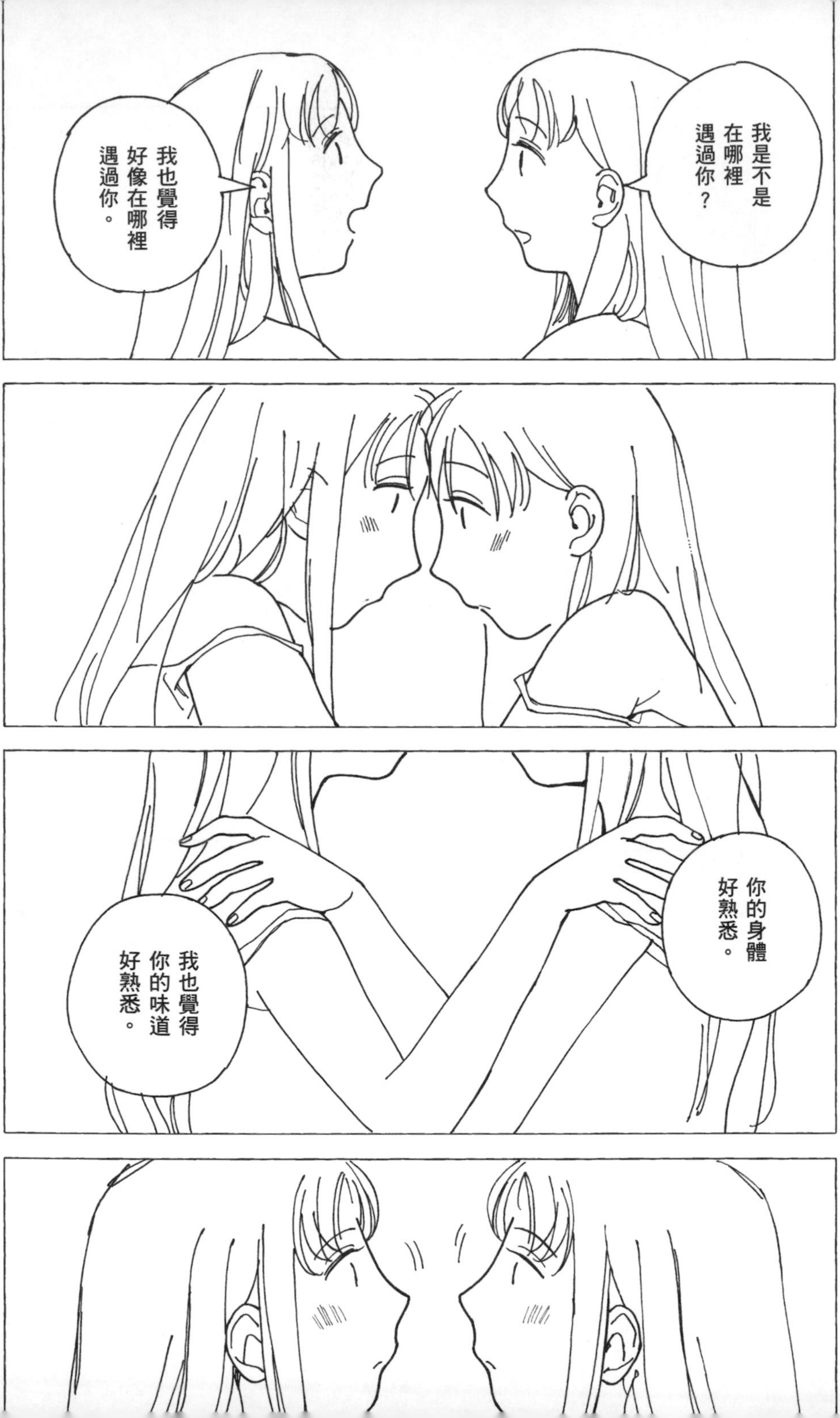
我是不是在哪裡遇過你？
我也覺得好像在哪裡遇過你。
你的身體好熟悉。
我也覺得你的味道好熟悉。

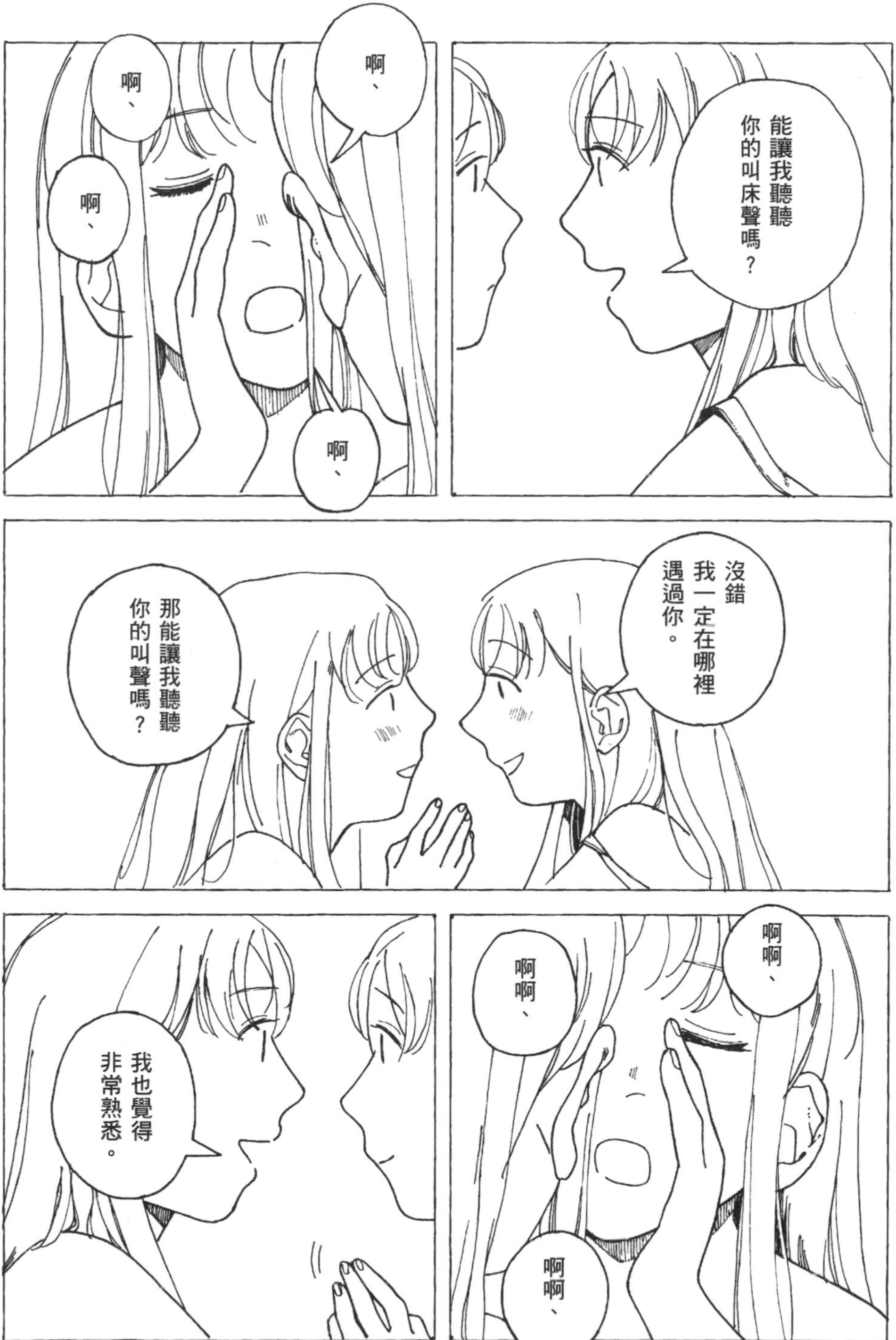
能讓我聽聽你的叫床聲嗎？
啊、
啊、
啊、
啊、
沒錯我一定在哪裡遇過你。
那能讓我聽聽你的叫聲嗎？
我也覺得非常熟悉。
啊啊、
啊啊、
啊啊、

你常約嗎？
滿常約的，你呢？
啊，我知道了。
你以前，曾經是男生嗎？
男生？
你這麼一說，我好像有點印象。

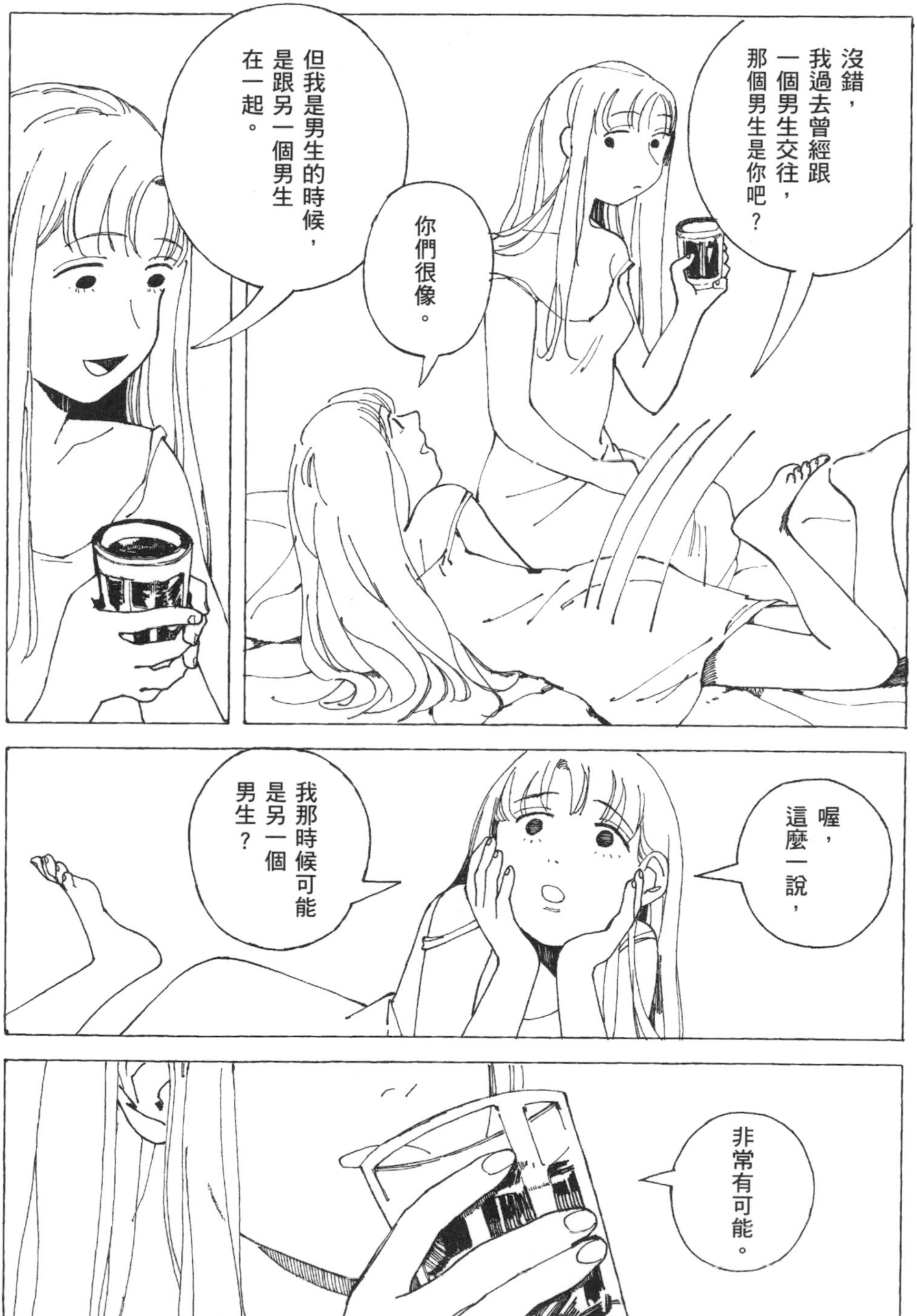
沒錯，
我過去曾經跟
一個男生交往，
那個男生是你吧？
你們很像。
但我是男生的時候，
是跟另一個男生
在一起。
喔，
這麼一說，
我那時候可能
是另一個
男生？
非常有可能。

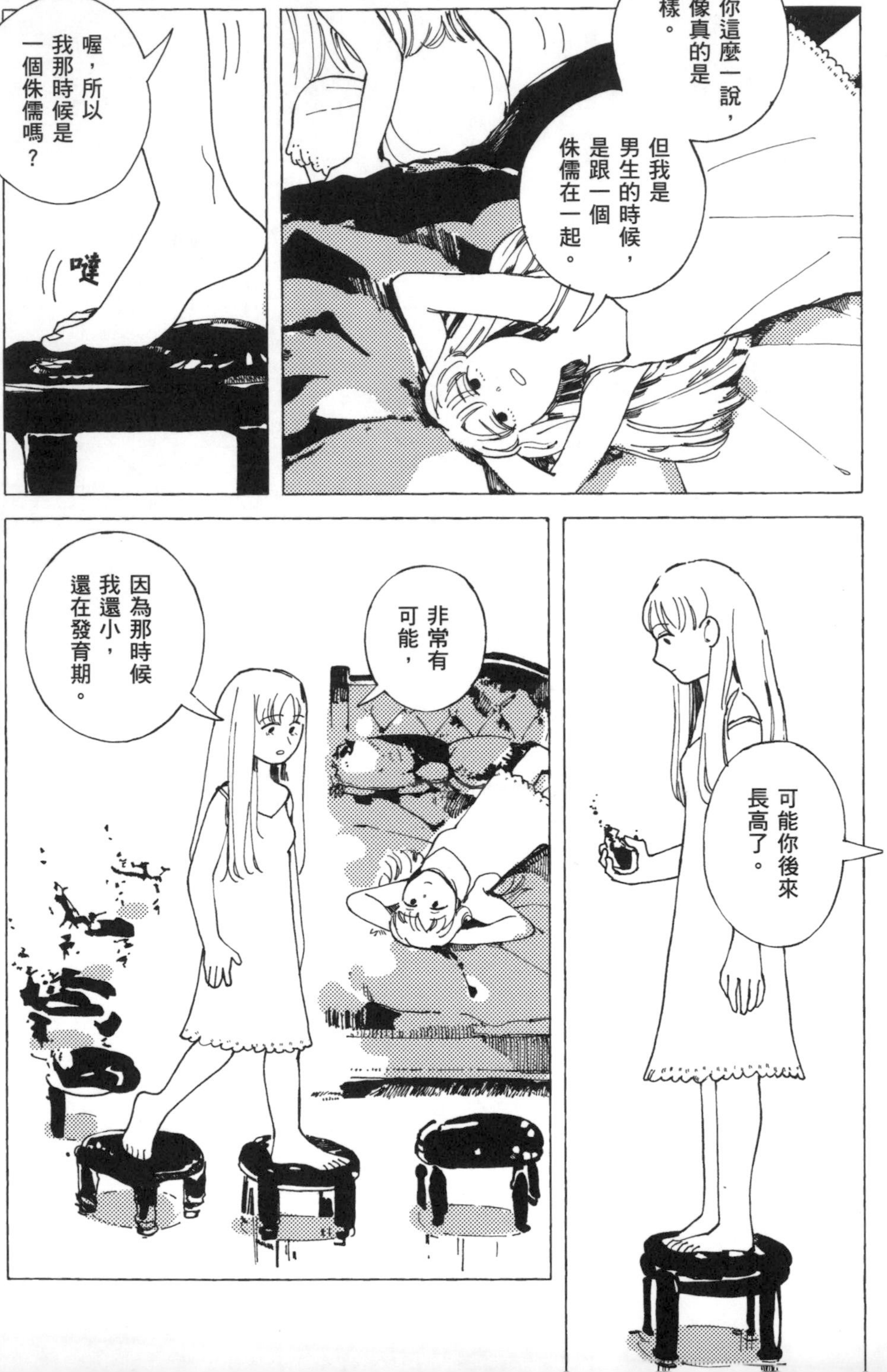
被你這麼一說，好像真的是這樣。
但我是男生的時候，是跟一個侏儒在一起。
喔，所以我那時候是一個侏儒嗎？
噠
可能你後來長高了。
非常有可能，
因為那時候我還小，還在發育期。

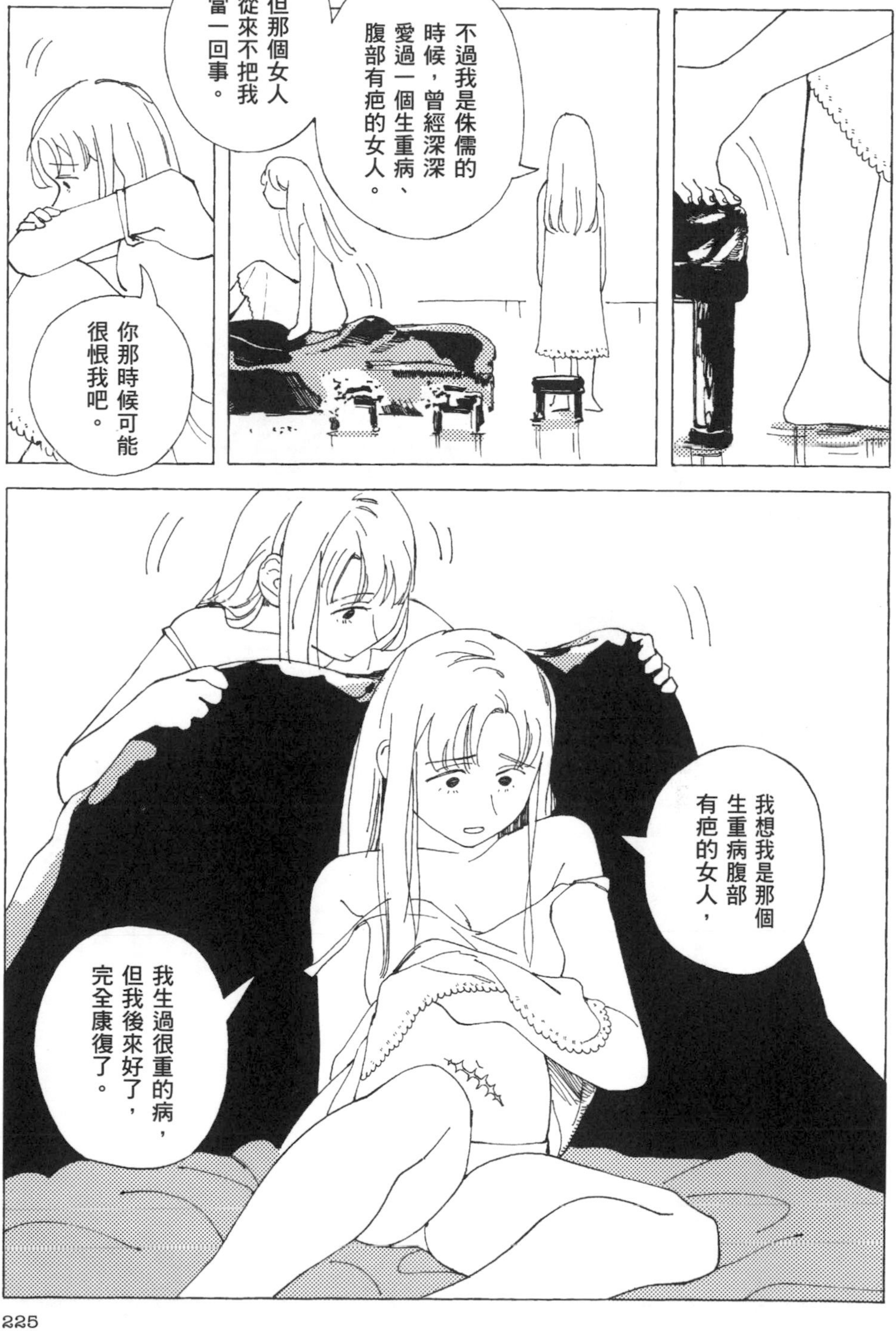
不過我是侏儒的時候，曾經深深愛過一個生重病、腹部有疤的女人。
但那個女人從來不把我當一回事。
你那時候可能很恨我吧。
我想我是那個生重病腹部有疤的女人，
我生過很重的病，但我後來好了，完全康復了。

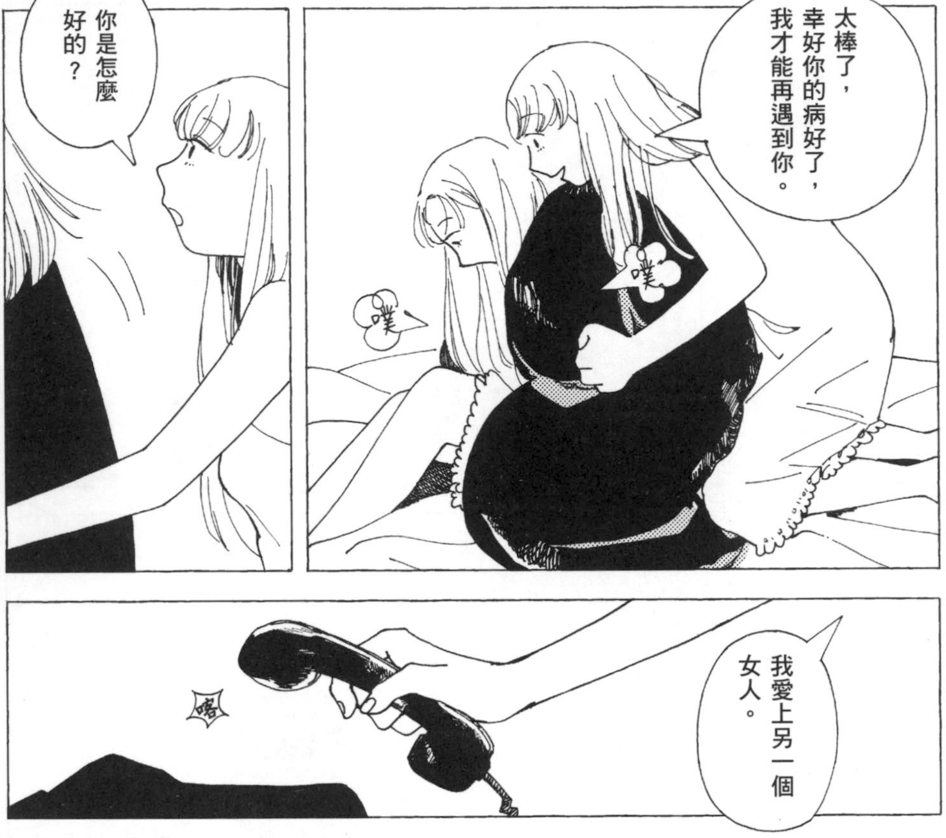
太棒了，幸好你的病好了，我才能再遇到你。
噗
噗
你是怎麼好的？
我愛上另一個女人。
喀
那個女人不相信我生了重病，
慢慢的我也不相信自己生了重病，
然後我就好了。

你是說信念的力量嗎？
有可能。
也曾經有一個生重病腹部有疤的女人愛上我，
但我那時候跟一個聾啞人士交往。
總覺得很對不起那個生病的女人，我還是無法陪她到最後。
不不，你不用自責。

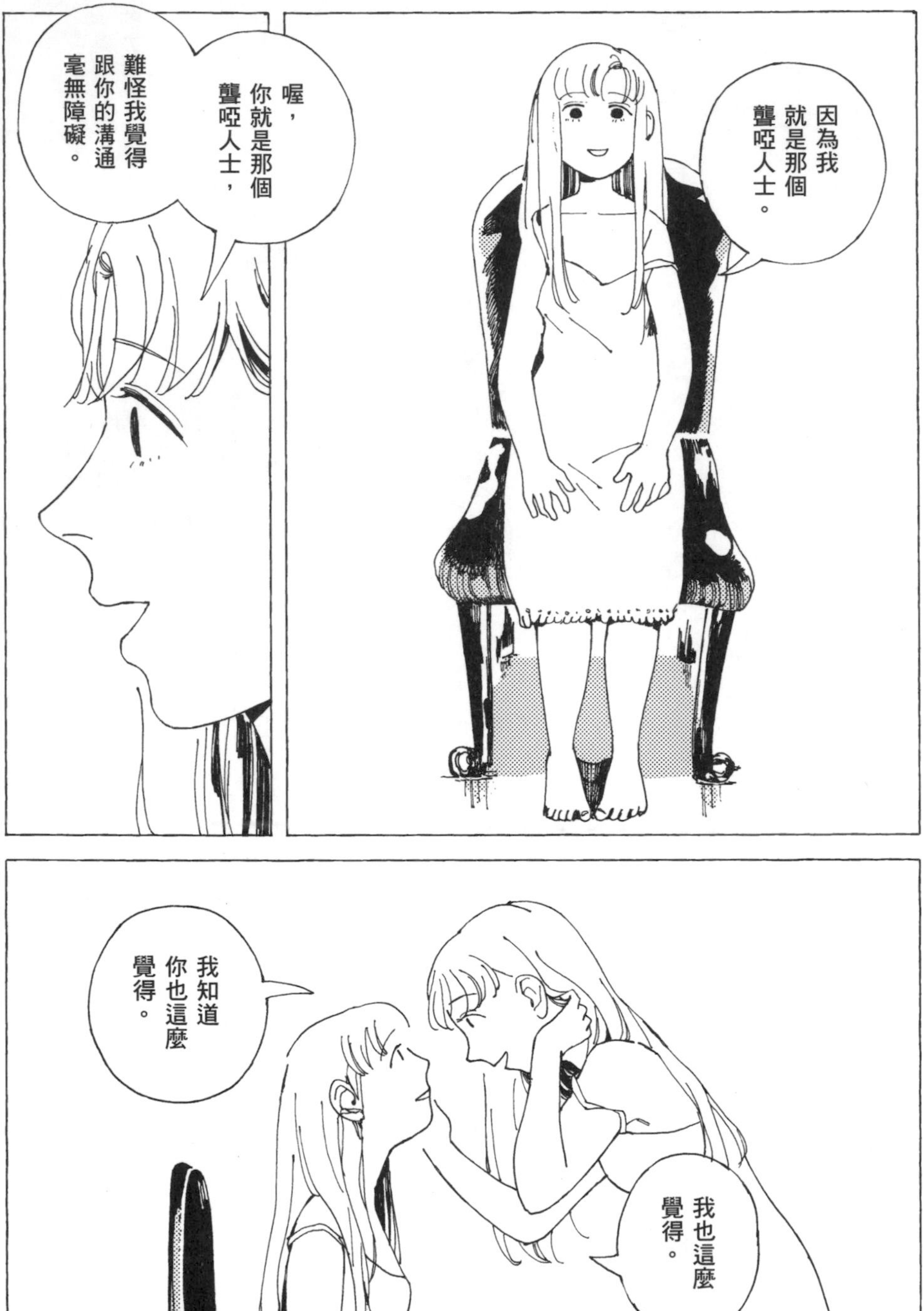
因為我就是那個聾啞人士。
喔，你就是那個聾啞人士，
難怪我覺得跟你的溝通毫無障礙。
我也這麼覺得。
我知道你也這麼覺得。

是的，
可能長期的默契培養就是這樣吧。
然後為了跟你在一起，我跑去做了變性手術，
我想變成一個女的。
喔，我也曾經變成一個女的。
然後我愛上你，
你告訴我你喜歡男生。

怎麼就這樣剛好錯過了。
但，
幸好那時錯過了。
才有我們這次的相遇。
是的，現在的我喜歡女生。
那麼剛好，
現在的我也喜歡女生。

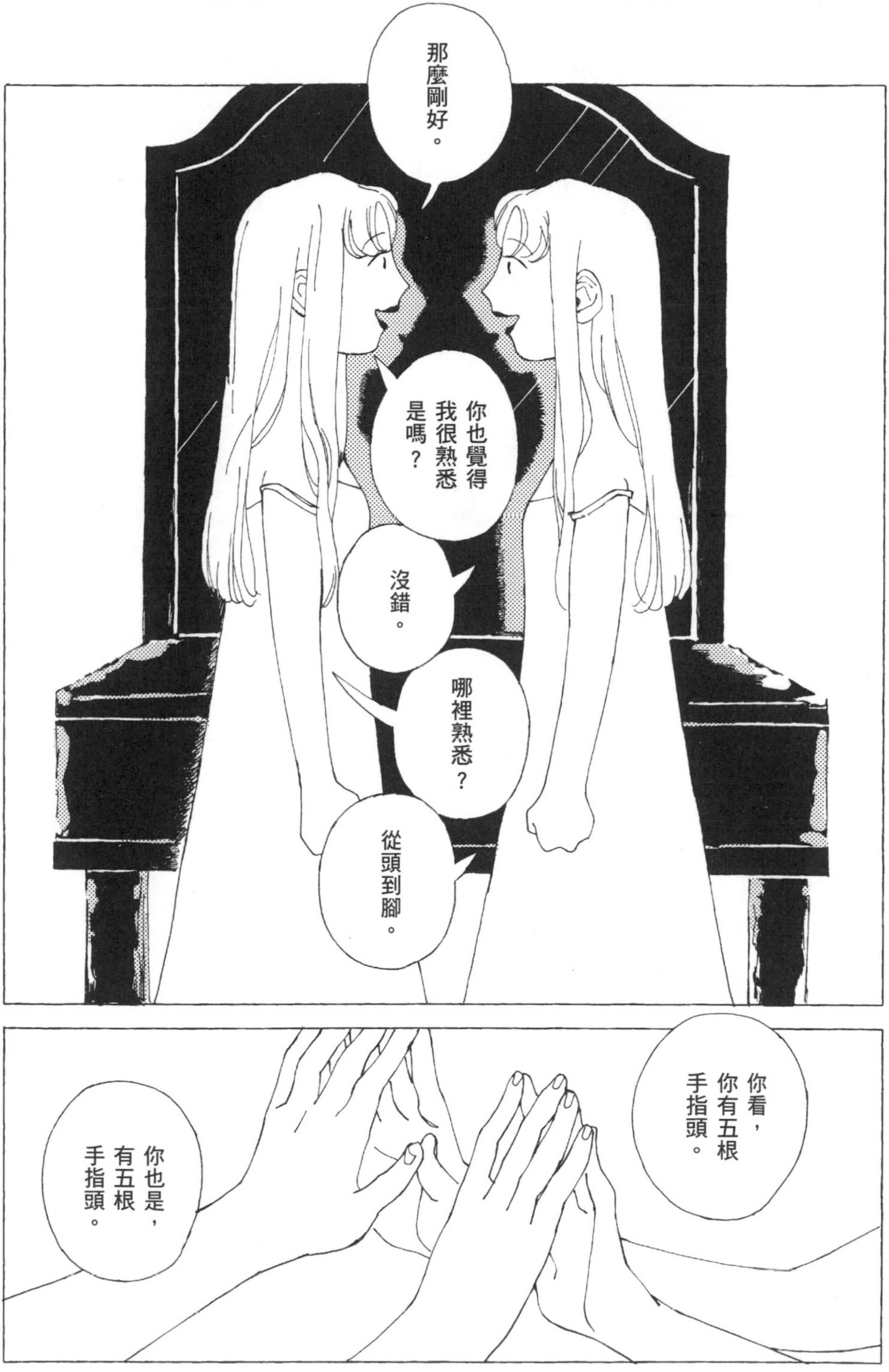
那麼剛好。
你也覺得我很熟悉是嗎？
沒錯。
哪裡熟悉？
從頭到腳。
你看，你有五根手指頭。
你也是，有五根手指頭。

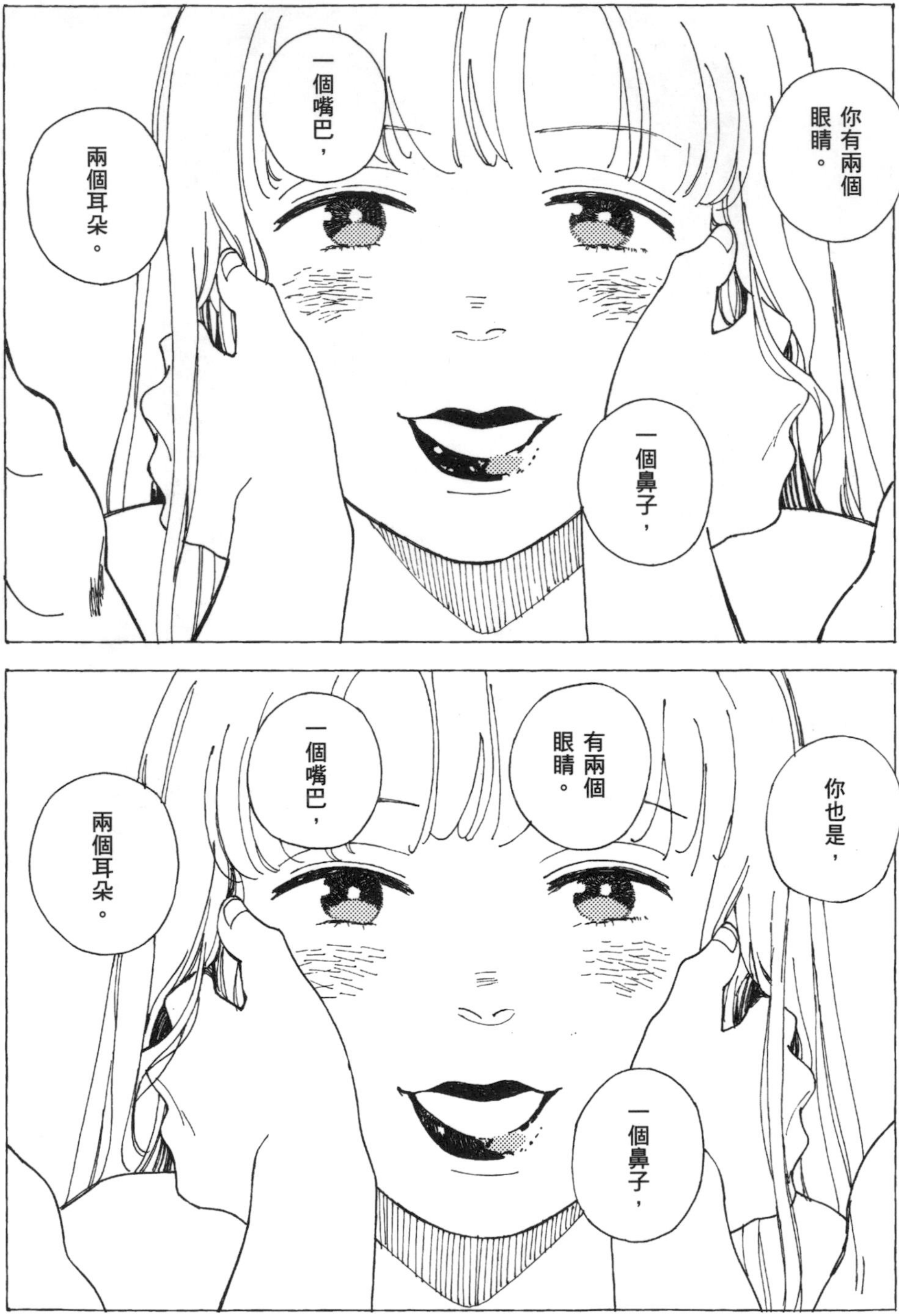
你有兩個眼睛。
一個鼻子，
一個嘴巴，
兩個耳朵。
你也是，
有兩個眼睛。
一個鼻子，
一個嘴巴，
兩個耳朵。

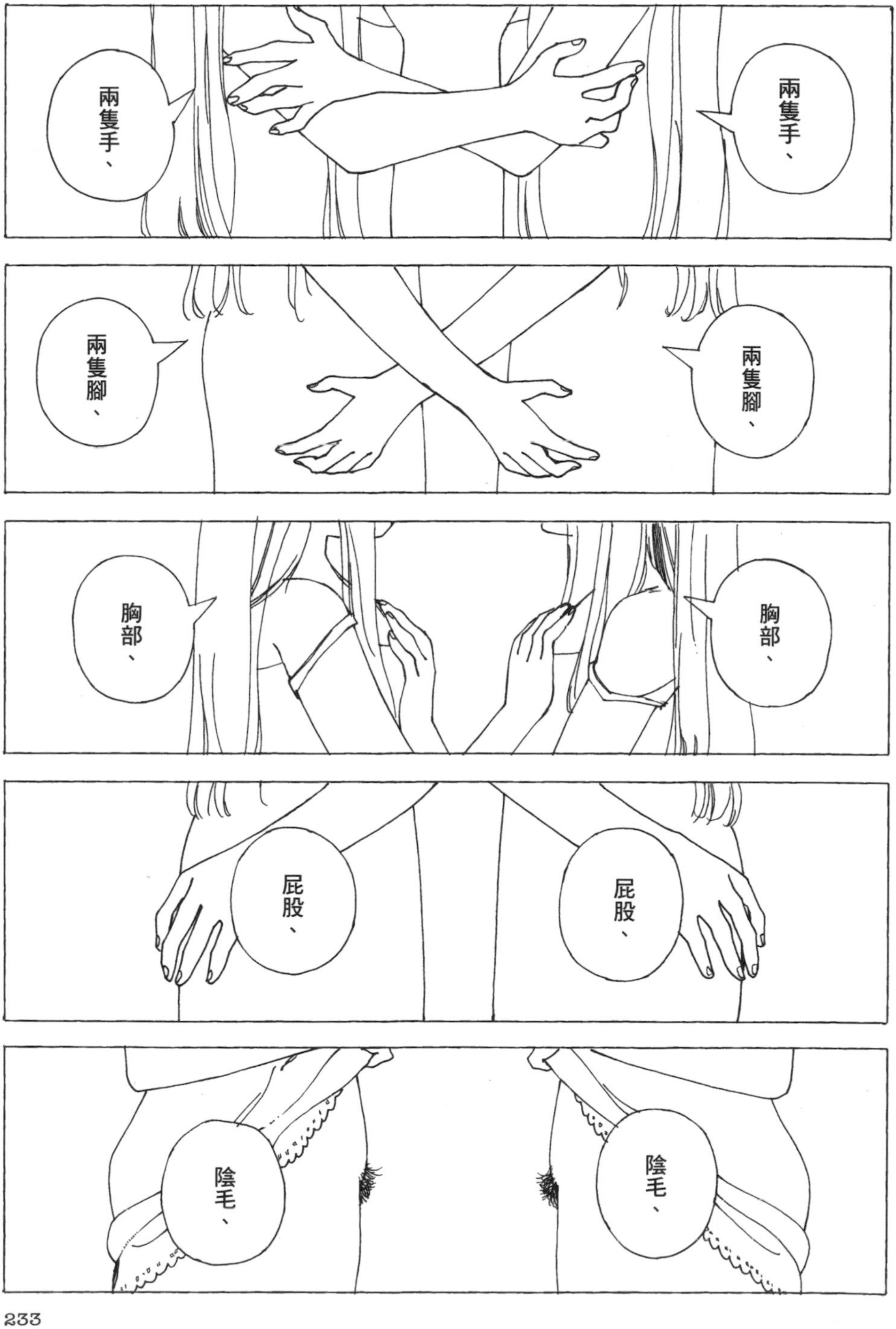
兩隻手、
兩隻手、
兩隻腳、
兩隻腳、
胸部、
胸部、
屁股、
屁股、
陰毛、
陰毛、

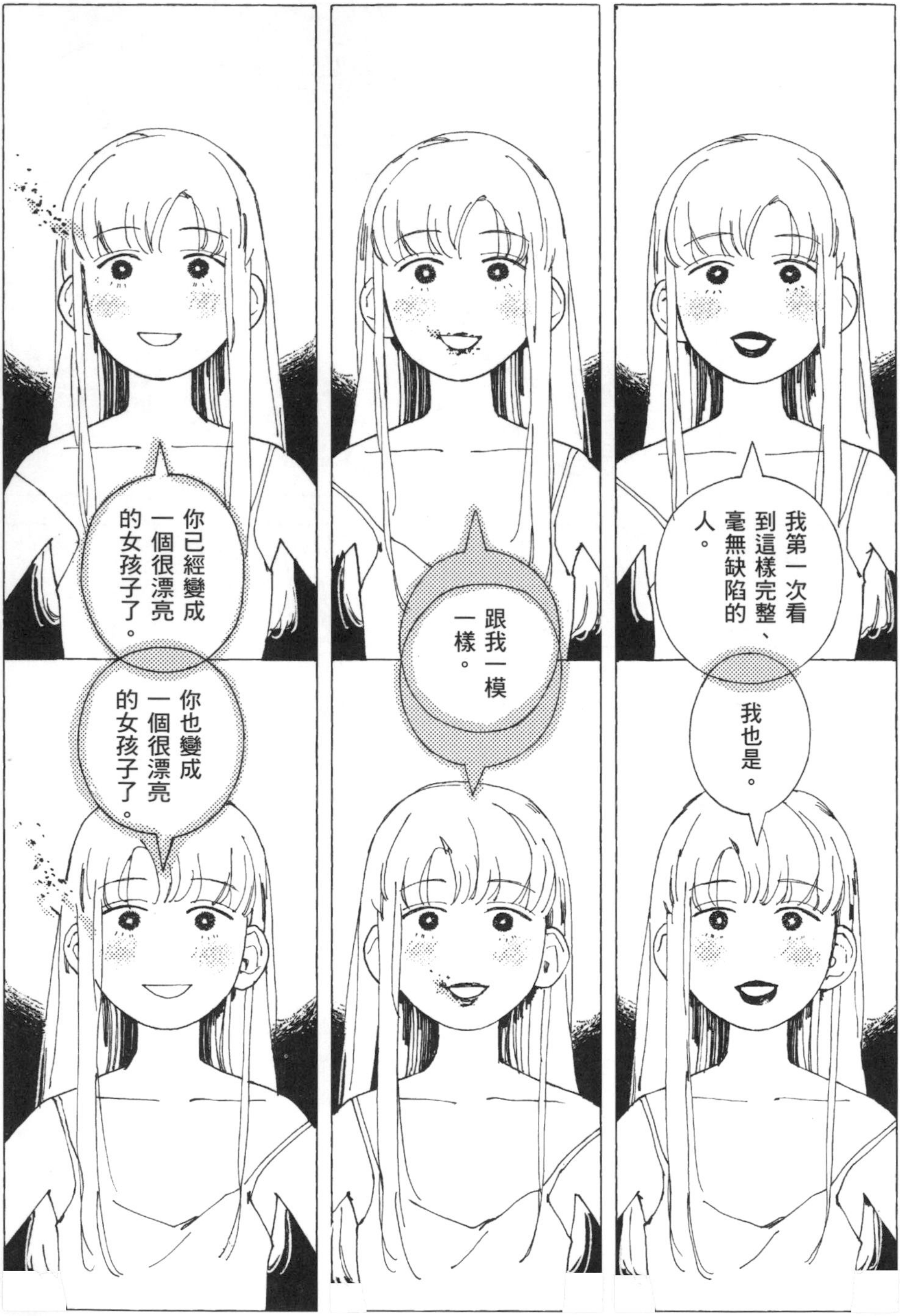
我第一次看到這樣完整、毫無缺陷的人。
我也是。
跟我一模一樣。
你已經變成一個很漂亮的女孩子了。
你也變成一個很漂亮的女孩子了。

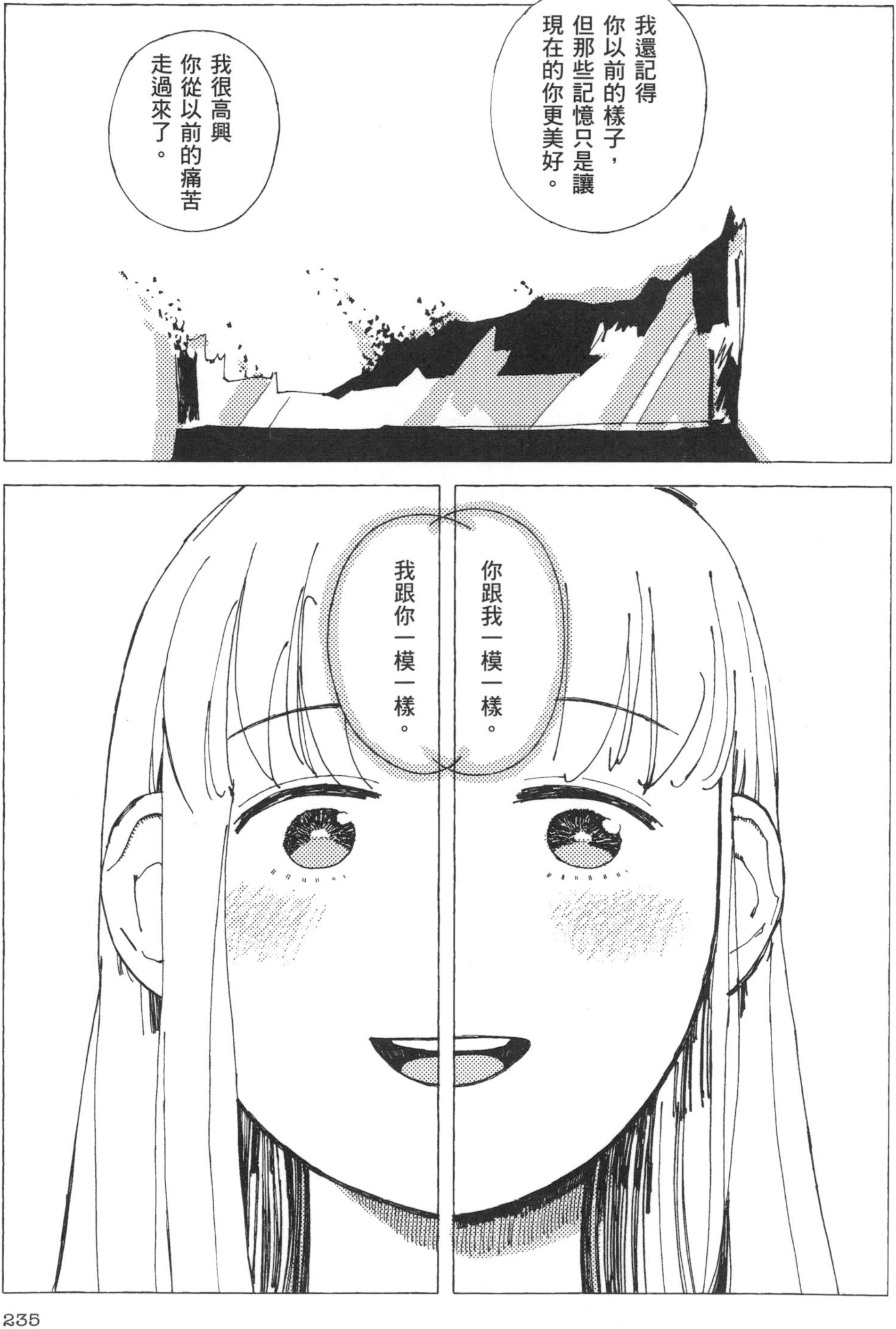
我還記得
你以前的樣子，
但那些記憶只是讓
現在的你更美好。
我很高興
你從以前的痛苦
走過來了。
你跟我一模一樣。
我跟你一模一樣。

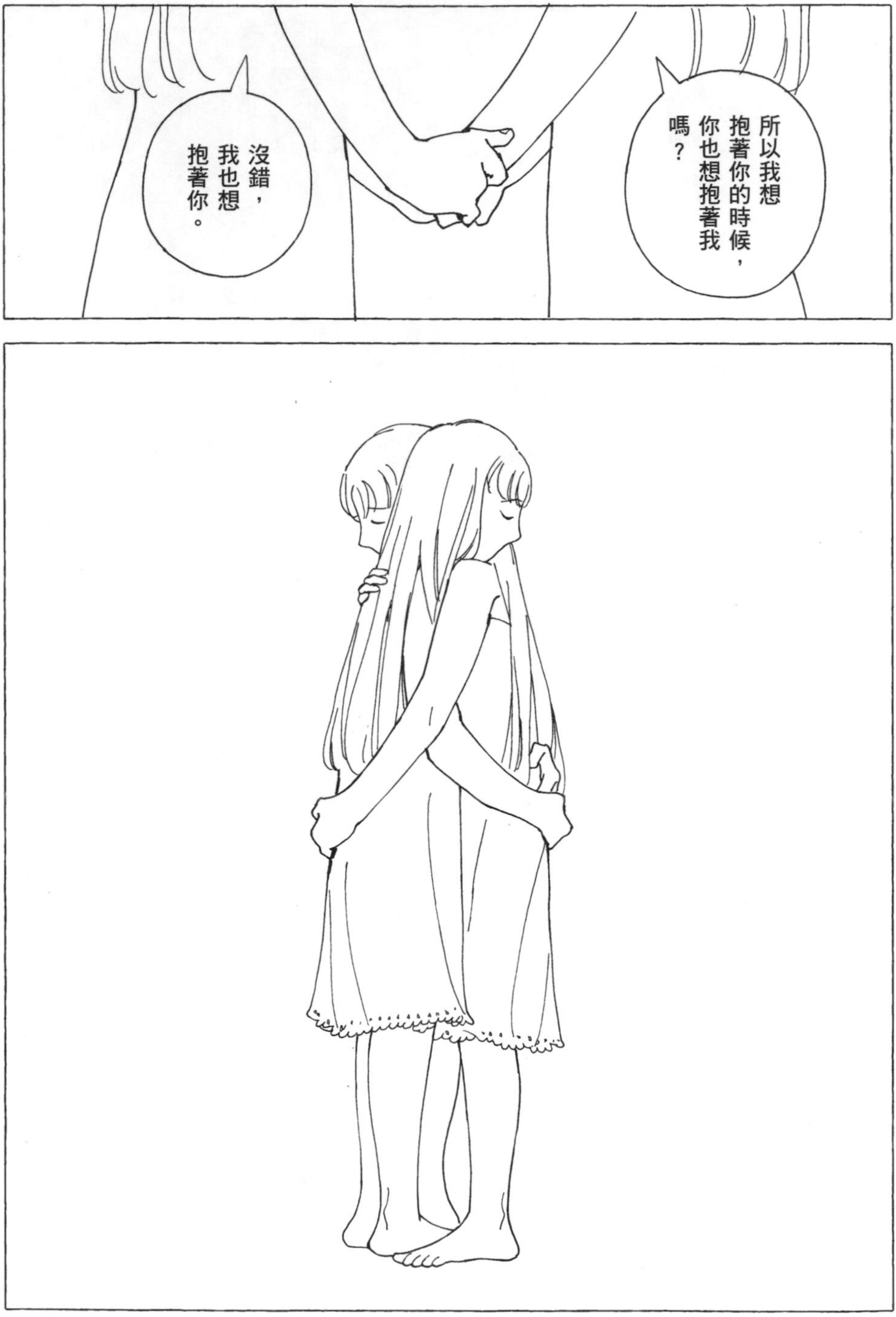
所以我想抱著你的時候，你也想抱著我嗎？
沒錯，我也想抱著你。

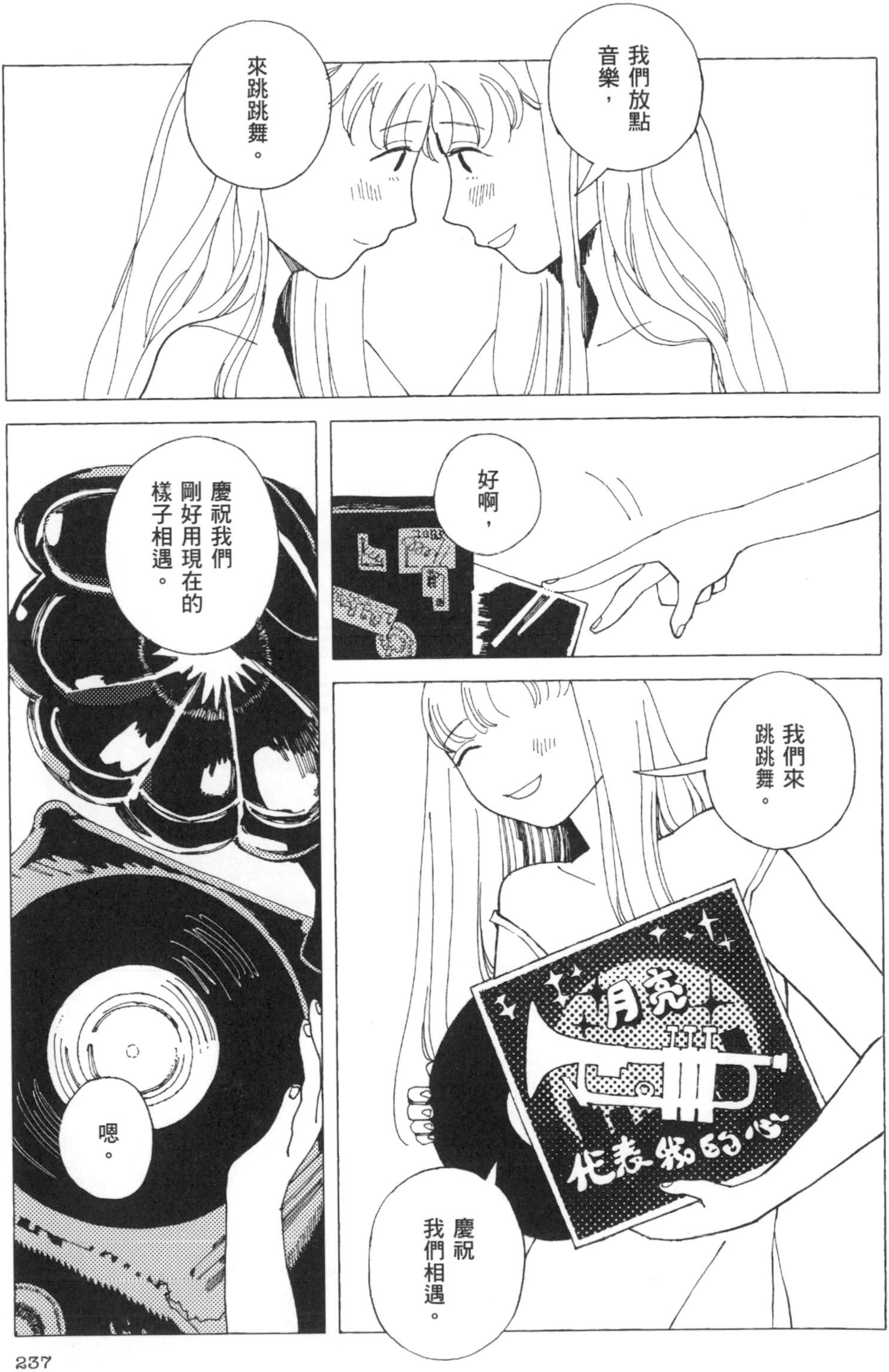
我們放點音樂，
來跳跳舞。
好啊，
我們來跳跳舞。
月亮
代表我的心
慶祝我們相遇。
慶祝我們剛好用現在的樣子相遇。
嗯。

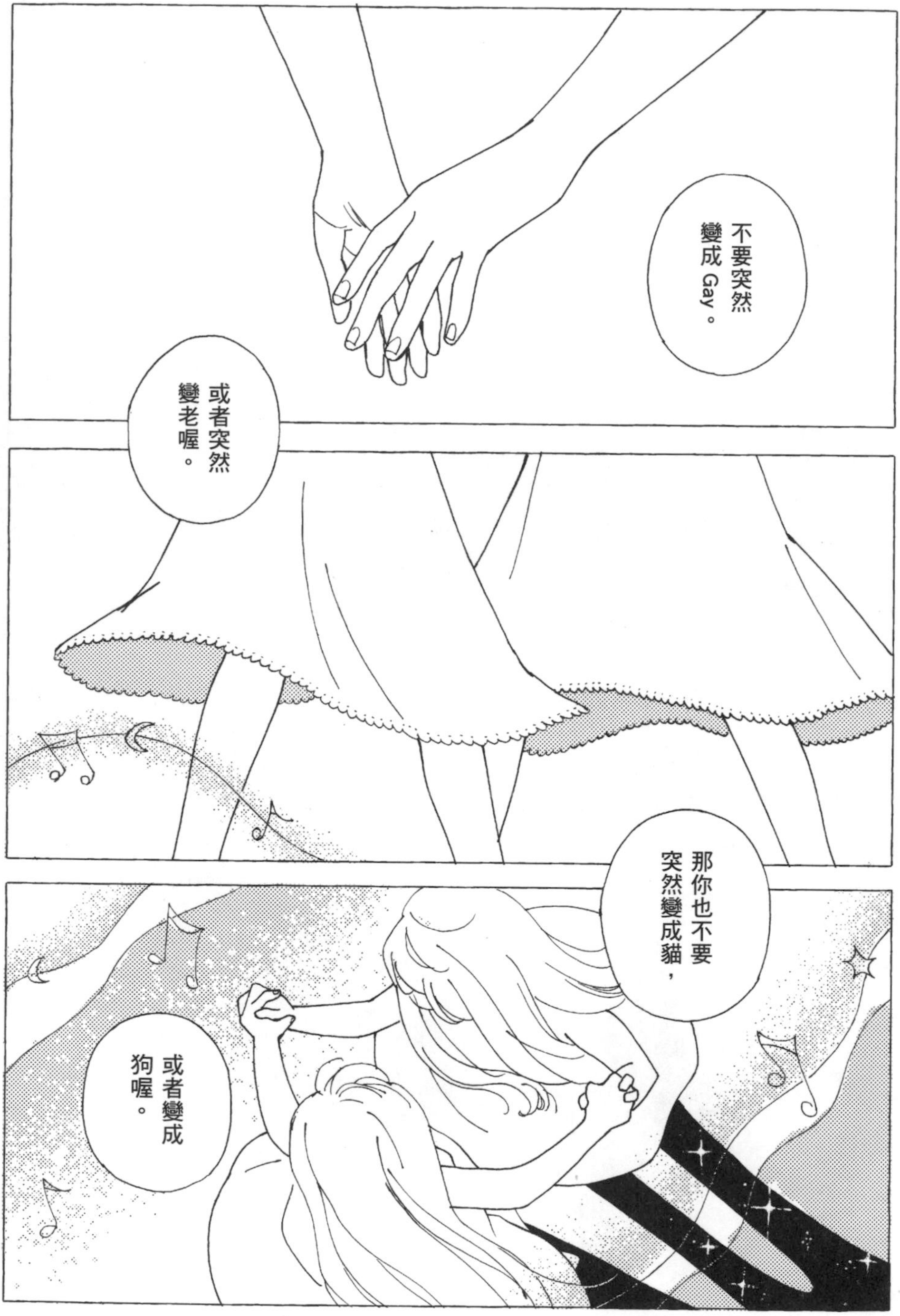
不要突然變成 Gay。
或者突然變老喔。
那你也不要突然變成貓，
或者變成狗喔。

我想在這首歌結束之前，什麼都不會改變。
什麼都不會改變。

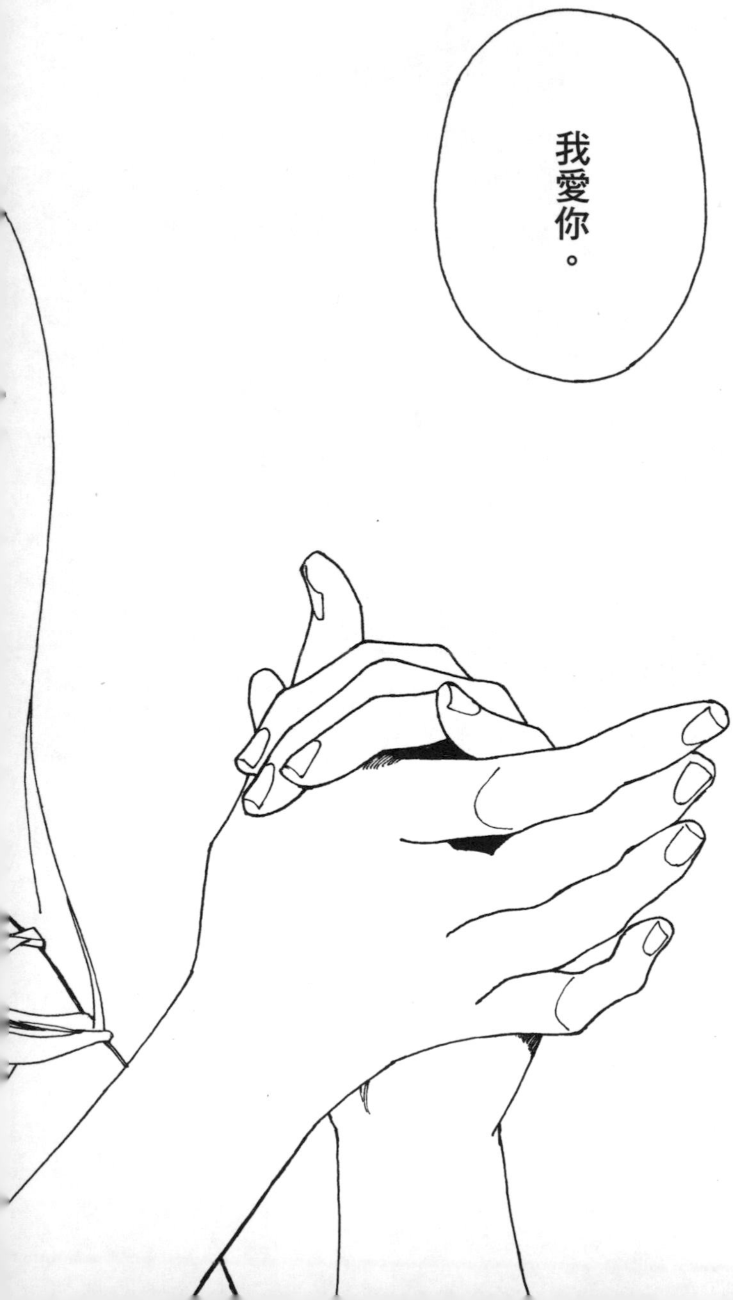
我愛你。

我也愛你。

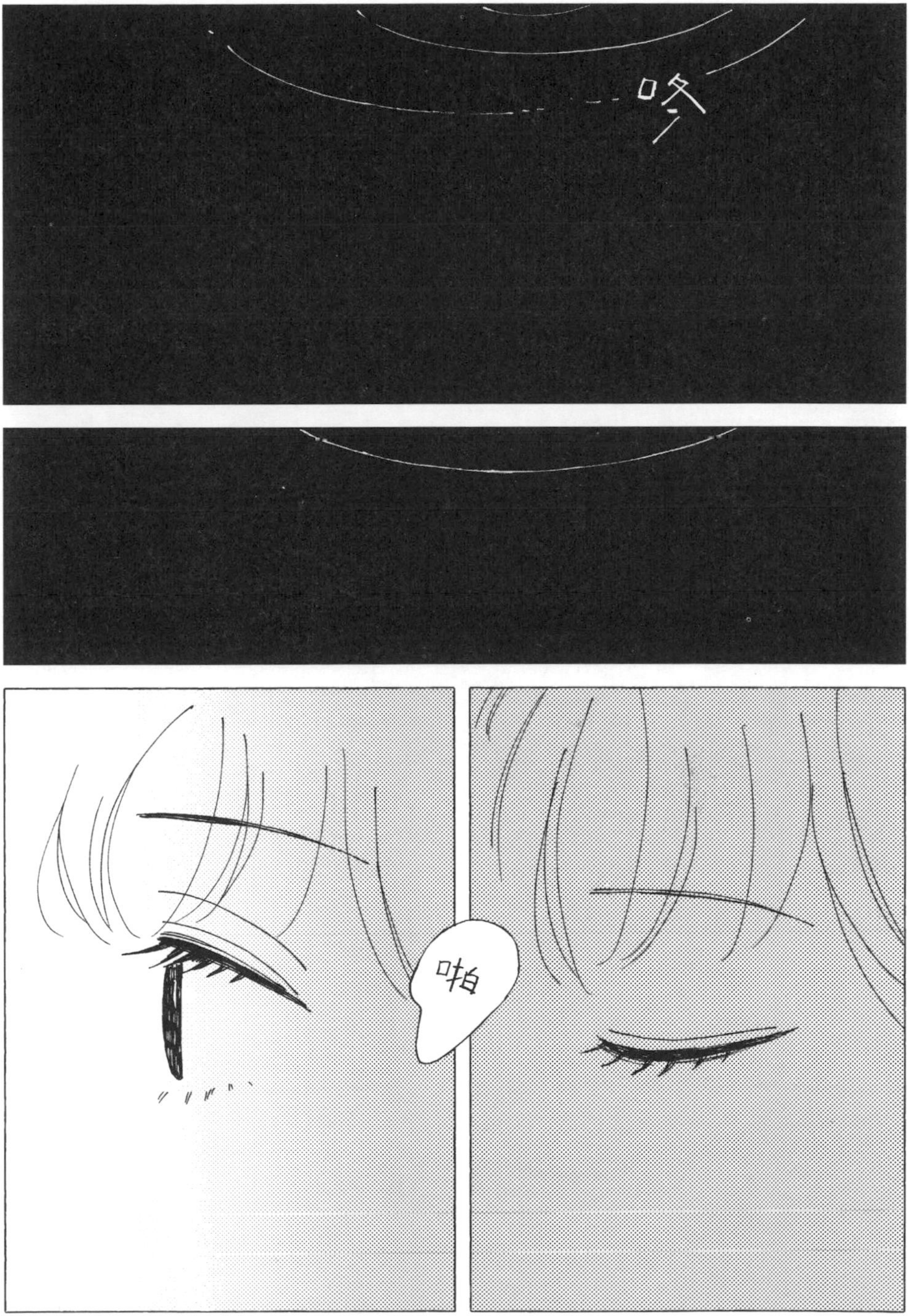
咚
啪

完

本作改編自〈直到夜色溫柔〉

收錄於《服妖之鑑》（二人出版，二〇一八）

後記

後記①

看不下去劇本的話，拜託來看這本漫畫！

從小就很喜歡看漫畫。

幾年前，在臉譜工作的編輯朋友綠編跟我提議，臉譜要出自製漫畫，想漫畫化我的短篇劇本〈直到夜色溫柔〉，問我有沒有什麼心儀的台灣漫畫家。剛看完《廢廢子の充氣大冒險！》的我，立刻推薦了作者廢廢子。

廢廢子是台灣少數有在用分鏡講故事又充滿想像力，對性與身體的理解與表現力都令人驚嘆的漫畫家。收到這個邀約時，這個劇本已經在呼喊「我只要廢廢子畫我！」這樣的聲音，我只能從命了。

真的非常感激這個難以搬上舞台（演員要全裸吧）的劇本，可以交到廢廢子手裡。在看到她精采的分鏡時，就已經先拍大腿心想：「沒錯沒錯這個感覺就是這樣！」然後我提出我的想像（或是拙劣的草圖），都可以看到廢廢子更加精準的回應以及藝術性的表現。過程中她扎實準備的參考資料，不管是氛圍的建構、場景、人物、分鏡與原稿——都讓我心想：「漫畫真是了不起啊！」也讓我重新學習了屬於漫畫的敘事方式，刪了一些不必要的台詞、在編輯的協助下調整了之前寫劇本時較不熟悉的跨性別角色。

這本書的角色與故事，雖然大部分是性少數，但那種孤獨與寂寞我想應該是普世性的。很開心這些寂寞又有點白爛的故事跟角色，在廢廢子跟臉譜手中可以去到更遠的地方，陪伴更多寂寞的人。看不下劇本的人，就拜託看一點漫畫嘛。對，就是你，以及交友軟體上那個最難聊的暈船對象，不如就從看這本漫畫開始吧。

簡莉穎 2022.12.6 台北永康街

後記②

能和這麼厲害的劇本相遇真是太好了！

記得當初收到喜歡的出版社的合作邀約，希望我將簡莉穎的劇本〈直到夜色溫柔〉改編成漫畫時，還揉了幾下眼睛，不敢相信！我在心中一邊吶喊，一邊誠惶誠恐地閱讀劇本，感覺劇本中的對話靈活又真實，彷彿角色就在我眼前說話，回過神來腦子竟然已經在運算分鏡了。真的好喜歡這個劇本，喜歡到擔心自己會不會只是找了外形合適的演員，結果演技瞎爆，鏡頭也瞎爆——我該如何讓演員們「演好」這齣戲呢？斟酌能否順利改編的關鍵，是被第三話〈聽見愛〉打中的那個當下，還記得被對話帶出的畫面感給重擊，人物的表情、場景的氣氛、甚至設想了翻頁後哪邊要有一大格特寫，哪邊有兩格連續動作、速度線……我控制不住我的手，趕緊在劇本旁畫下來！

在與莉穎和編輯們討論時，最感動的是我施力打磨的敘事細節都被看見，突發奇想的鏡頭也獲得共鳴，但作畫實在要人命，沒想到自己能堅持下來，歷經這兩百多頁的修練後也大進化。這兩年半看A片／文藝片取材看到涅槃，肉體們交纏後構成的奇妙空間，展現的力與美，宣洩的汁液與鳴叫，我竟已心無雜念，雙手合十。感謝全天下的導演與演員們，為人類姿態的探索做出偉大貢獻，好人們一生平安。

劇作家莉穎和臉譜的編輯雨柔、至平都是充滿能量的人，我何其幸運可以在他們的陪伴下畫出這本好看的漫畫。在這本書順利付印、送到讀者手上之際，也很好奇觸動大家的是哪一篇，希望閱讀完這個作品的人也能體驗到我經歷的感動，甚至有更多不同的感觸，那就更加美好了。

廢廢子 2022.12.15 winter, Santa Clarita

PaperFilm FC2078

直到夜色溫柔

2023 年 2 月　一版三刷

原著作者／簡莉穎
繪畫作者／廢廢子
繪畫助手／王振南、黃茗慧
責任編輯／陳雨柔、謝至平
封面統籌／馮議徹
排　　版／傅婉琪
行銷企劃／陳彩玉、林詩玟、陳紫晴

發 行 人／涂玉雲
總 經 理／陳逸瑛
編輯總監／劉麗真
出　　版／臉譜出版
城邦文化事業股份有限公司
台北市民生東路二段141號5樓
電話：886-2-25007696 傳真：886-2-25001952

發　　行／英屬蓋曼群島商家庭傳媒股份有限公司城邦分公司
台北市中山區民生東路二段141號11樓
客服專線：02-25007718；25007719
24小時傳真專線：02-25001990；25001991
服務時間：週一至週五上午09:30-12:00；下午13:30-17:00
劃撥帳號：19863813 戶名：書虫股份有限公司
讀者服務信箱：service@readingclub.com.tw
城邦網址：http://www.cite.com.tw
香港發行所／城邦（香港）出版集團有限公司
香港灣仔駱克道193號東超商業中心1樓
電話：852-25086231　傳真：852-25789337
馬新發行所／城邦（新、馬）出版集團
Cite (M) Sdn. Bhd. (458372U)
41-3, Jalan Radin Anum, Bandar Baru Sri Petaling,
57000 Kuala Lumpur, Malaysia.
電話：603-90563833　傳真：603-90576622
電子信箱：services@cite.my

ISBN 978-626-315-232-8

售價：380元

本書如有缺頁、破損、倒裝，請寄回更換

本書獲文化部獎勵創作

文化部
MINISTRY OF CULTURE

內頁引用歌詞版權資訊
月亮代表我的心 (YUE LIANG DAI BIAO WO DE XIN)
曲：翁清溪
詞：孫儀
曲版權擁有人：OP-EMI MUSIC PUBLISHING HONG KONG
SP-EMI MUSIC PUBLISHING (S.E.ASIA) LTD.,TAIWAN
詞版權所有人：OP- 麗歌唱片廠股份有限公司